"오늘의
불행은
내일의
농담거리"

# "오늘의 불행은 내일의 농담거리"

서울대생에서
스페인 노숙자로,
그리고
스탠드업 코미디언으로
인생의 무대에 서다

김병선(코미꼬) 지음

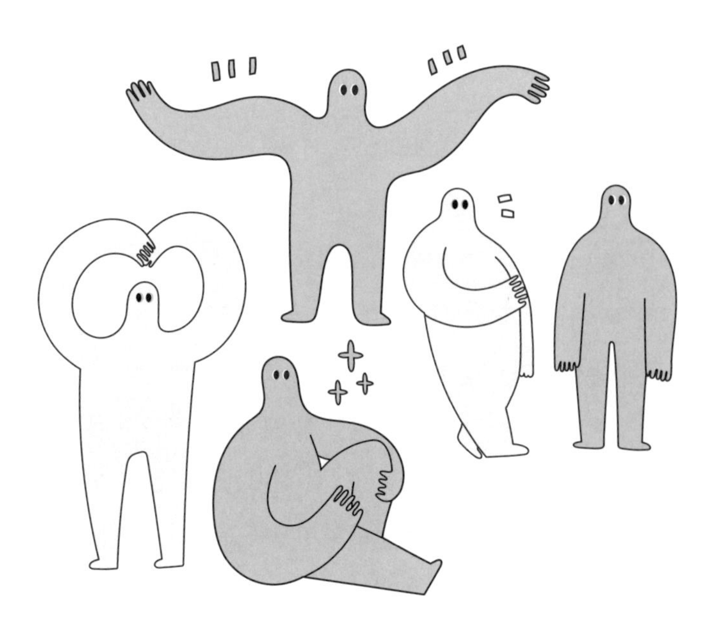

오프닝 글:

# 웃기려고 하는데 왜 나는 울고 있지?

전 농담을 좋아합니다. 정확히는 제 농담에 웃어주는 사람들과 함께 있는 걸 좋아하죠. 그런데 좋아하는 게 직업이 되면 싫어진다는 말이 어찌나 정확하던지, 남을 웃기는 게 행복해 개그맨을 했는데 정작 저는 불행하더라고요.

무대에 올라 웃음을 주며 자기 유행어로 광고도 찍는 주변 개그맨과는 달리 전 이렇다 할 캐릭터도 없이 4년째 엑스트라만 하며 겉돌았거든요. 한 선배는 재미없는 개그맨 하느니 차라리 재미있는 체육 선생님을 하라며 조롱도 했습니다. 바보같이 전 그걸 조언으로 받아들여 대학에 복학해 교생실습을 나갔죠.

그때 제 나이가 서른 살이었습니다. 학창 시절 바라본 서른 살은 모두 어른이었거든요? 그런데 그 나이가 된 저는 이룬 것도, 가진 것도 없는 늙다리 복학생이었습니다. 남들보다 뒤처진 제가 불행하다고 생각했어요. 그런 내가 어찌 남을 행복하게 할 수 있을까. 일단 나라도 행복해지자. 그래서 선택한 게 현실 도피였어요. 《오늘의 불행은 내일의 농담거리》에서 그 도피처 얘기를 할 거예요. 네, 제가 망한 얘기를 할 거랍니다.

서른한 살 스페인으로 떠났어요. 한국에서 개그맨으로 망했으니 외국에 가서 코미디를 하면 '뭐라도 되겠지'라고 생각한 거 자체가 코미디였죠. 새로 마주한 현실은 비극이었고, 그 현실에서도 도피하고 싶어졌어요. 그러나 더 이상 도피할 곳이 없어서 일단 할 수 있는 걸 했습니다.

다행히, 운이 좋아서, 감사하게도 지금 전 사람들에게 웃음을 주고 있습니다. 사람들이 제가 울었던 일들을 얘기하면 웃더라고요. 제가 불행이라 여겼던 것들이 지금은 농담거리가 된 거죠.

만약 제가 아직도 불행하다면 농담거리로 사용하지도 못할 얘기들이죠. 그럼 이 책도 존재하지 않았을 거고요.

그렇다고 제가 지금 성공한 것도 아니에요. 계속 도전하는 중이에요. 이 책마저도 도전이에요. 이거 역시 하고 싶어서 시작한 거지만 1년 반이라는 시간이 걸릴 줄 알았다면 안 했을 거예요. 전 일단 하고 보는 스타일이거든요.

새로운 도전을 앞두고 있거나 자신이 뭘 좋아하는지 모르고 뭘 어떻게 해야 할지 모르는 사람들이 이 책을 읽었으면 좋겠습니다. 당연하게도 이 책이 '이렇게 이렇게 해야 한다는 식'의 교훈은 담고 있지 않아요. 하지만 '아, 이런 식으로 사는 놈도 있구나. 근데 얘도 이런 생각을 하네. 나도 해볼까?'라는 생각이 들게 해줄 거예요.

완전히 다른 삶을 사는 친구는 이런 고민을 안 할 줄 알았는데 나랑 똑같은 고민을 하고 있어서 공감대가 형성되고, 용기 생기는 그런 느낌 있잖아요. 부디 그런 느낌 받아서 지금 자신이 겪는 좌절, 고생, 시련을 농담거리로 만들 수 있는 날을 맞이했으면 좋겠습니다.

보통 머리말에 감사한 사람들을 열거하더라고요. 제가 제일 감사한 사람은 바로 이 책을 들고 있는 당신입니다. 전 이 글을 썼고 당신은 읽고 있죠. 전 과거에 있고 당신은 현재에 있죠. 게다가 당신에게는 첫 글인 이 부분이 저에게는 마지막 글이에요. 참 신기하지 않아요? 시공을 초월해 이 책을 매개로 우리가 만났다는 게.

이런 감사 한 인연이 또 있을까요? 우리 친구 해요. 당신을 친구로서 응원합니다. 그러니 당신도 친구로서 절 응원해 주세요. 방법은 쉽습니다. 지금 혹시 알라딘에서 이 책을 보고 있다면 중고로 사지 말고 교보문고로 달려가 새 책으로 사줘요. ~~농담입니다.~~

## 차례



## 1부

## "꿈을 좇아간 스페인에서의 악몽"

## 2부

# "어쩌다가 만나게 된 범상한 사람들"

3부

# "농담 같은 인생 사이클"

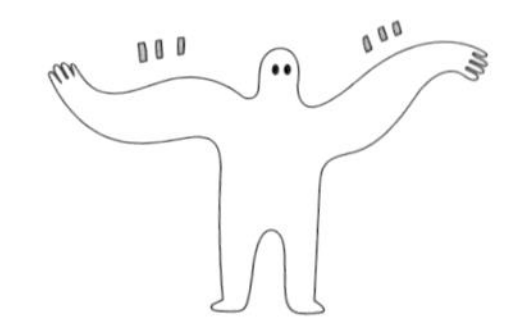

# 4부

## "하고 싶은 것만 했던 나의 이야기"

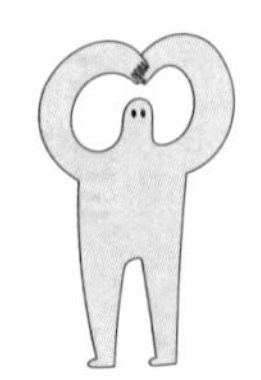

1부

# "꿈을 좇아간 스페인에서의 악몽"

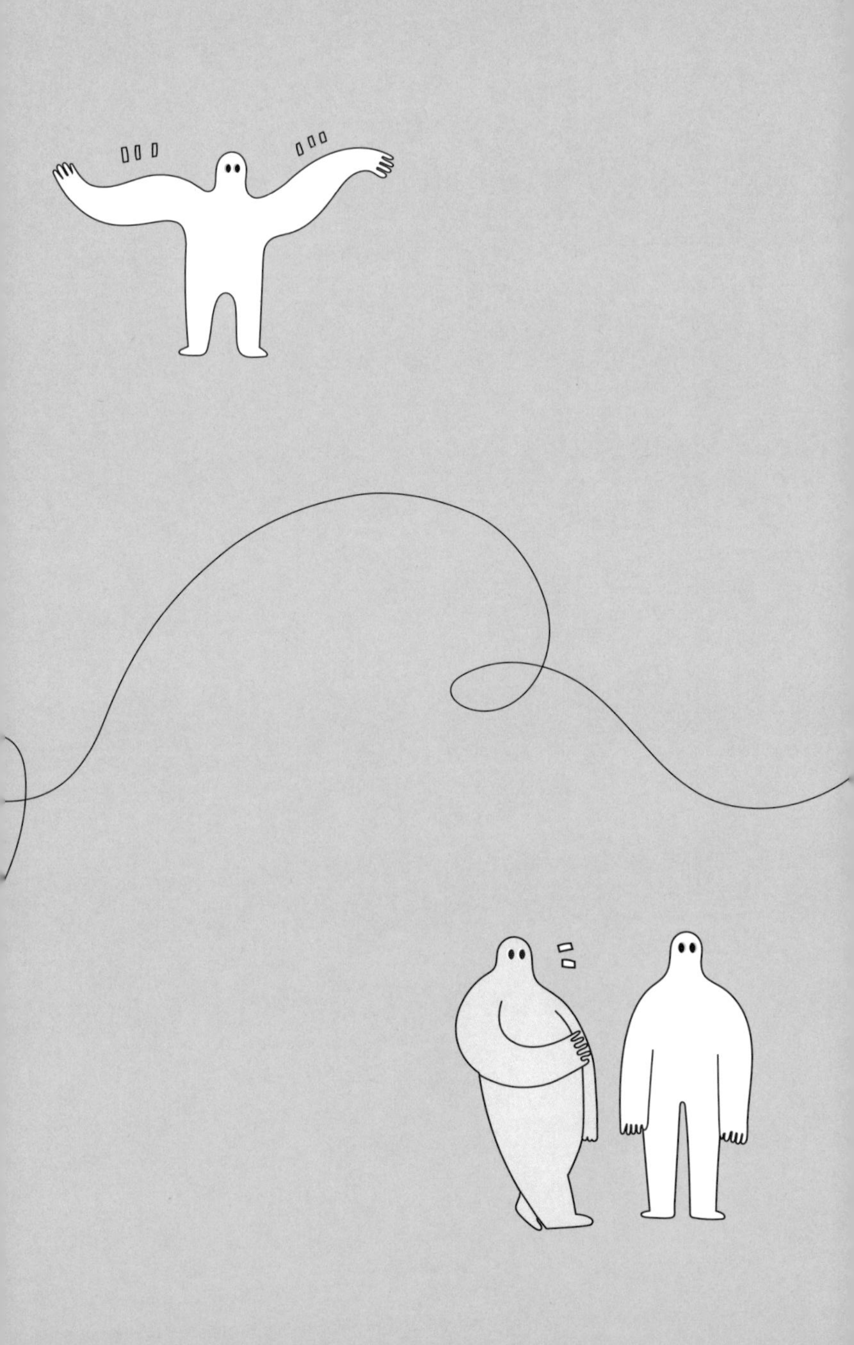

# 현실이 지옥이라고 도피처가 천국일까?

〈개그콘서트〉가 잘나가던 2013년에 개그맨으로 데뷔했다. 이 책을 읽는 당신이 '얘 〈개콘〉 개그맨이었어?'라고 반응하는 건 당연하다. 데뷔 후 4년 동안 뱉은 대사의 총합은 채 스무 마디도 되지 않으니까. 그 대사마저도 아들이 했다는 것을 엄마도 몰랐다. 쫄쫄이와 인형 탈 때문에. 한국에서도 제대로 하지 못한 개그를 해외에 가서 도전한다고 하면 주변에서 뭐라고 생각할까?

페루에 있을 때도 그런 한국 사람들이 있었다. 한국의 경쟁 사회가 싫다는 둥, 한국 삶은 팍팍하다는 둥. 페루라고 그들에게 호락호락했을까? 현실이 지옥이라고 도피처가 천국이란 법은 없다. 정전은 일주일에 한 번, 지진은 한 달에 한 번, 와이파이는 언제나 한 칸인 곳이 그들이 맞이한 새로운 현실이었다.

결국 그들은 도피처로 삼았던 페루에서도 탈출해 한국으로 중도 귀국했다. 나 역시 그럴 가능성이 컸다. 먼저 내가 진짜 해외에 도전하고 싶은 건지, 한국을 기피하려는 건지 확인해야 했다.

아이러니하게도 〈개콘〉을 그만두기 위해 〈개콘〉에 복귀했다. 한국 방송에서 얼굴을 드러내놓고 대사 한 줄도 못한 놈이 외국에 나가 무언가를 할 수 있을 리가 없었다. 일종의 자가 검증이었다. 복귀했다고 바로 방송에 나가는 건 아니다. 새 코너를 준비하고 검사를 받기 시작하겠다는 의미의 복귀였다.

개그맨이 방송에 나가는 과정은 이렇다. 목요일에 제작진에게 새 코너 검사를 받고, 통과가 되면 다음 주 월요일에 재검사를 통해 수정하고, 수요일에 관객 앞에서 녹화를 뜨고, 반응이 좋으면 그 주 일요일에 방송이 나간다. 간단해 보이지만 쉽지 않다. 저대로 되는 경우는 거의 없기 때문에.

일단 하루에 10개 팀이 새 코너 검사를 받으면 0~2개 팀이 통과한다. 새 코너 검사에서 통과해도 월요일 재검에서 수정이 잘 이뤄지지 않으면 다음 주 월요일에 재재검을 한다. 또 수정이 잘 안되면 재재재검을 하고 또 잘 안되면 재재재재검…. 두 달을 '재×8검'을 하다 "그냥 엎자" 한마디에 코너가 사라지기도 한다. 애초에 까였으면 새 코너를 8개는 짰을 텐데. 두 달 동안 검사만 받으며 희망 고문을 당하는 것이다.

겨우 통과해 수요일 녹화를 떠도 관객 반응이 처참하면 방송에 못 나간다. 반응이 좋았다고 안심할 수 있는 것도 아니다. 녹화장에서는 웃겼던 개그가 방송으로 보면 재미없는 경우가 있기 때문이다. 데뷔 4년 만에 대사 두 줄 이상을 읊게 해준 '둘이서도 잘해요'라는 코너가 하필 그런 경우였다. 녹화장에서 관객이 빵빵 터져서 드디어 나도 고정 코너가 생기나 싶었는데, 방송에 나가고 게시판 반응이 나빠 방송 1회만에 추억 속으로 사라졌다.

하지만 처음이 힘들다 했던가. 또 새 코너를 검사받고, 이번에는 사 개월 동안 주인공으로 방송을 탔다. 자가 검증으로 만족스러운 결과였다. 한국에서 이 정도로 했으면 외국에서도 잘할 수 있겠다 싶었다. 그런데 그냥 그렇게 만족하고 살고 싶어졌다. 이제야 〈개콘〉에 자리 잡는 법을 알게 된 것 같아 그만두기가 싫었다.

해외에 간다고 해서 성공이 보장된 것도 아닌데 굳이 떠나야 할까? 객관식만 풀던 학생이 마주한 논술형 문제랄까. 뇌에게 미안할 정도로 고민이 심해졌다. 한국에서 잘하면 '저 사람 어디서 본 것 같은데' 아저씨 정돈 될 것 같았다. 인기는 없어도 인지도는 있는 그런 존재.

해외에서는 독특한 캐릭터로 인기까지 얻을 수 있을 것 같았다. 하지만 수많은 중국인 중 한 명이 될 수도 있었다. 개나 걸이 나오게 윷을 던질지, 모 아니면 백도가 나오는 윷을 던질지. 낮에는 '그래, 이게 무조건 이득이지' 했다가 밤이 되면 '내가 무슨 생각 한 거지? 저걸 해야지' 오락가락거렸다.

언제까지 뇌를 괴롭힐 수 없어 서술형을 객관식으로 만드는 작업을 했다. 우연히 책에서 본 '장점 개수 많은 옵션 택하기'를 해보았다. 고민들의 장점만 나열해 개수가 많은 것을 고르는 방법이다.

옵션 1. **해외 진출:** ① 도전 ② 캐릭터 인기 ③ 대박 가능

옵션 2. **한국 잔류:** ① 안전 ② 〈개콘〉 인지도 ③ 꾸준한 돈

3 대 3 동점. 고민 연장전 시작이었다. 더 촘촘하게 고민해 보라고, 중요한 순간이 될지도 모르는 선택을 이렇게 쉽게 할 거냐고 인생이 나에게 반항하는 것 같았다.

# '뿌에도'의 힘

연락이 뜸하던 친구에게 전화가 왔다. '잘 지냈냐'라고 물었는데 '도와줘'라는 대답이 돌아왔다. 2년 만에 다짜고짜 부탁이라니. "그래."

다음 날 친구가 집으로 찾아왔다. 한 손에 든 편지에는 스페인어가 적혀 있었는데, 인터넷 사전을 뒤져가며 손으로 꾸역꾸역 써보았다는 것이다. 편지에서 잘못된 부분이 있는지 봐달라는 게 친구의 부탁이었다. 하트가 박혀 있는 편지지가 꼭 연애편지 같았다.

"안녕하세요. 저는 축구를 사랑하는 한국 청년이에요."

'일단 본인의 취향부터 확실히 알리는군. 좋다.'

"기회를 한 번 더 주신다면 최선을 다할게요."

'이미 차였어? 불쌍하네.'

"혹시 다른 사람에게 방해가 된다면 저도 욕심부리고 싶지 않아요."

'남자가 많은 여자인가 보구나….'

"제 마음을 알아주시기 바랍니다."

'멋있다! 내 친구!'

인터넷의 힘이 대단한 건지 사랑의 힘이 대단한 건지, 문장 하나하나에 간절함이 묻어났다. 어설픈 스페인어가 친구의 순수한 마음을 더 잘 대변하는 것 같아, 크게 틀린 곳 외에는 손을 대지 않았다. 친구는 바로 편지를 전해주러 간다며 자리에서 일어났다. 편지 내용은 아름다운데 복장은 추리닝 바람이었다.

"그러고 만나러 가게?"

"당연하지. 축구 테스트 보러 가는데."

따지고 보면 연애편지이기는 한데, 이 친구는 축구를 사랑한 나머지 자신의 이름을 "축구"로 바꾸기까지 한 '애' 축가였다. 스페인 7부 리그 선수가 되기 위한 테스트에서 이미 떨어졌는데 다시 한번 기회를 달라고 편지를 쓴 것이다. 남들은 은퇴를 준비하는 서른 살에 축구 선수에 도전하다니. 순간 친구의 추리닝이 맞춤 정장처럼 보였다. 그 모습에 테스트장까지 따라갔다.

친구는 몸을 푸는 선수들을 가르며 코치에게 달려갔다. 코치는 뭔 일인가 싶어 얼떨떨한 표정을 짓고 있는데, 친구는 아랑곳하지 않고 어설픈 스페인어로 말했다.

"봐, 봐."

편지를 죽 읽어 내린 코치는 고개를 절레절레 흔들더니 말했다.

"안 돼. 그렇게 할 수 없어."

이미 포지션을 고려해 44명의 선수들을 선발했고 11명씩 네 팀으로 나눠 두 경기를 뛸 예정이기에 기회를 줄 수 없다며 친절하게 부연 설명까지 해주었다. 그 타당함이 얼마나 냉혹하던지, 통역을 해주는 내가 다 안타까웠다. 더 이상 다른 선수에게 피해를 줄 수 없어 조용히 스탠드로 가서 앉았다. 코치가 이름을 부르기 시작했다.

"정민영."

"네."

"김교진."

“네.”

“홍윤수.”

“….”

“홍윤수!”

“….”

친구와 나는 동시에 고개를 들어 눈을 마주쳤다. 표정을 보니 같은 생각을 하고 있었다. 코치진도 우리 쪽을 보고는 상의를 하고 있었다. 가만히 있으면 기회를 놓칠 수도 있다는 마음에 코치에게 달려가며 친구에게 말했다.

“뭐라고 하든 ‘뿌에도(할 수 있다)’라고 말해.”

친구는 코치 옆에서 “뿌에도, 뿌에도”거렸다. 코치가 말했다.

“일단 기다려봐.”

일단이라니, 이 얼마나 가능성이 충만한 단어인가. 그 뒤로 나는 운동장 입구 쪽만 뚫어져라 쳐다보며 ‘오지 마라, 오지 마라’ 주문을 외웠다. 그때 누군가 입구로 뛰어 들어왔다.

‘망했다!’

운동장 트랙을 뛰러 온 사람이었다.

'아, 다행이다.'

망했다, 다행이다 하기를 다섯 번. 친구는 다행히 테스트를 보았다. 그리고 망했다. 모든 선수 중 가장 목소리가 컸지만 키는 작았고, 연륜 덕에 눈치는 빨랐지만 다리는 느렸다. 결과는 최종 탈락이었다. 그럼에도 테스트를 지켜본 모두가 친구에게 박수를 보냈다. 코치도 엄지를 치켜세우며 말했다.

"Gracias por mostrar tu pasión."

친구가 멀뚱멀뚱 나를 쳐다보았다.

"열정을 보여줘서 고마워."

코치 말을 통역하며 내 진심을 더했다. 열정을 보여준 친구가 고마웠다. 내가 고민만 할 동안 친구는 행동했다. 나는 미래를 생각하면 변비에 걸린 것처럼 답답하기만 했었는데, 친구는 실패했지만 쾌변한 것처럼 시원해 보였다.

실패가 포기보다 나은 걸지도 몰라. 친구한테 '뿌에도'를 시키면서 정작 나는 뿌에도 하지 않고 있었네. 옵션을 만들고 고민한 것 자체가 도전이 두려워 포기할 핑곗거리를 찾기 위한 거였어. 그래, 도전이라면 일단 싸지르고 보는 거지.

옵션 1. **해외 진출:** ① 도전 ② 캐릭터 인기 ③ 대박 가능

~~옵션 2. **한국 잔류:** ① 안전 ② 캐톤 인지도 ③ 꾸준한 돈~~

일단 ① 도전이 있는 '옵션 1. 해외 진출'을 선택하기로 했다. 그다음에 ②, ③은 알아서 따라오지 않을까. 자주 만나지 못했던 친구 덕분에 결단을 내렸다. 그 순간 고민 때문에 받은 스트레스, 더 나은 미래를 선택하는 일에서 느끼는 두려움이 설렘으로 바뀌었다. 어쩌면 인생은 논리적인 계획보다는 어쩌다가 마주친 우연으로 살아가는 걸지도.

# 스페인에서 얻은 첫 직업, 노숙자

“2017년 12월 4일 스페인에서 미래의 병선이 형에게 서른 살의 병선이가 편지를 남겨요. 형, 전 지금 지하 차고예요. 왜 외국까지 와서 여기 있는지 이해가 안 가죠? 저도 모르겠어요. 그래도 감사하고 있어요. 추운 겨울날 실내에서 잘 수 있는 게 어디예요. 힘들어도 주변에 항상 도와주는 사람이 이렇게 있네요. 존댓말을 자꾸 쓰니 어색하네요. 반말로 마지막 한마디만 할게요. 병선아, 생일 축하해.”

생일을 자축하는 영상 편지를 찍었다. 극단적인 생각을 한 것은 아니다. 과거에나 미래에나 인생에 이보다 바닥은 없을 것 같아 기록해 놓고 싶었을 뿐이다. 모든 것을 다시 시작한다는 각오로 한국을 떠났는데 어쩌다 이 지경이 되었을까. 첫 단추부터 억지로 끼워지는 기분이기는 했다.

"진짜 가시게요?"

긍정적인 답변을 기다린다던 사람이 할 수 있는 답은 아니었다. 당장 전화를 걸었다.

"실은 병선 씨가 프로젝트에 처음부터 필요했던 인력은 아니잖아요. 그래서 책정된 예산이 없어요. 그쪽이 우리 팀에 필요한 이유를 이야기해 주시겠어요?"

상황이 이상하게 돌아가고 있었다. 먼저 스페인에 가자고 제안한 건 그들이었다. 친구 따라갔다가 얼떨결에 뽑혔다는 이야기 주인공이 내가 될 줄이야.

"병선 씨 통역하는 거 보니 에너지도 좋고 스페인어도 잘하시네요. 한국과 스페인 양 국가에 우리 팀을 홍보하는 역할을 해줬으면 해요. 중남미 가려고 했던 거 스페인 간다고 생각하세요. 훈련은 일주일에 세 번이니 남는 시간 마음껏 활용하시고요. 현지 촬영 팀도 붙을 거라 개그 하는 거 도움받을 수 있지 않을까요? 충분히 생각하고 확답 주세요. 긍정적인 답변 기다릴게요."

중남미에서 스페인으로 방향만 틀 뿐인데 소속 팀에서

안전하게 돈도 벌면서 도전도 할 수 있었다. 삼 일 뒤 문자를 보냈다.

"함께하겠습니다!"

그런데 이제 와서 내가 필요한 이유를 말하라고? 더러운 기분과 함께 조바심이 느껴졌다. 좋은 기회를 놓칠 것 같았다. 부랴부랴 피피티까지 만들어 내가 팀에 필요한 이유를 필사적으로 설명했다. 담당자는 봉급 없이 홍보 팀에 합류할 것을 제안했다. 돈을 주기 싫어서 꾸며낸 상황 같았지만 혼자 가도 수입이 없는 건 마찬가지였다. 찝찝했지만 기꺼이 열정 페이를 받아들였다.

테스트를 통과한 20명의 청년이 인천공항에 모였다. 별도의 인솔 없이 우리끼리 알아서 목적지까지 가야 하건만 축구는 참 잘하는 친구들이 체크인은 못 했다. 검색대에서 고추장이 걸리는 친구도 있었다. 선수들은 자연스레 경험자에게 의지하기 시작했고, 나는 어느새 인솔자가 되어 있었다.

스페인에 도착하니 이번에는 통역가 역할이 기다리고 있었다. 마드리드 공항에서 대기하고 있던 촬영 팀의 대포만 한 카메라가 특정 선수를 겨냥하면 그 선수는 고개를 나에게 돌렸다. 촬영 팀의 질문을 한국어로, 선수의 답변을 스페인어로 변환했다. 숙소로 향하는 버스에 올라타서야 겨우 역할극이 끝났다. 이제 본연의 역할인 홍보 담당으로서 촬영 팀에게 인사를 했다.

"잘 부탁해. 앞으로 같이 이 팀에서 홍보를 맡을 김병선이야."

"무슨 소리야? 우리 방송국에서 나왔는데?"

옆에 있던 팀 대표가 입을 열었다.

"우리 팀에 촬영 팀은 없어요. 병선 씨 혼자 홍보를 도맡아야 해요."

그때 그 고속도로에서 유턴을 해 한국으로 돌아왔어야 했다. 아니, 애초에 한국에서 이상한 낌새를 느꼈을 때 가지를 말았어야 했다. 고가의 장비를 쓰는 촬영 팀과 협업할 생각에 설렌 내가 바보이고, 무턱대고 사람 말을 믿은 내가 천치였다. 호구 짓은 거기서 끝나지 않았다.

훈련 첫날, 코치가 각 포지션으로 뛰어가라고 스페인어로 주문했다. 나는 선수들이 달리는 모습을 찍기 위해 녹화 버튼을 눌렀다. 그런데 선수들은 굳은 자세로 눈만 끔벅끔벅하고 있었다. 몇몇 눈알들은 나를 쳐다보며 통역 좀 해달라고 신호했다.

"애들아, 각자 포지션으로 뛰어가래."

선수들은 그제야 달리기 시작했다. 어느새 코치는 내 옆에 와서 다음 주문을 내렸다. 훈련 내내 입은 통역을 하고 손은 촬영을 했다. 훈련이 끝나면 편집을 해야 했다. 개그 도전은커녕 선수들이랑 농담할 시간도 없이 이 주일이 흘렀다. 이대로는 안 되겠다 싶어 대표에게 말했다.

"통역과 홍보 중 하나만 하겠습니다."

"통역만 하세요."

민망할 정도로 쿨했다. 당장 팀 경기력 향상이 중요하니 홍보보다는 통역이 더 필요하다는 것이다. 이렇게 쉽게 결정할 거였음 처음부터 홍보를 맡기지 말든가. 괜히 열심히 한 내가 또 바보였다. 엉뚱한 포인트에서 문제가 발생하기 전까지 바보 천치는 묵묵히 일했다.

팀 환경은 열악했다. 혈기 왕성한 운동선수 20명을 감당하기에 식단이 터무니없이 빈약했고, 한국보다 춥지 않은 겨울이지만 창문 틈 사이로 들어오는 바람은 잠을 설치게 하기에 충분했다. 불만이 쌓일 수밖에 없었다. 그런데도 선수들은 아쉬운 소리는 못 하겠고 자기들끼리 투덜거리기만 했다. 지나치게 착한 친구들이 답답해 의견을 냈다.

"우리, 뒤에서 투덜거리지 말고 앞에서 대화를 하자. 충분히 대화가 통하는 분이야."

선수들이 팀에 바라는 사항을 정리해 대표와 만났다. 그런데 갑자기 화살이 나에게 날아왔다. 선수들을 선동해 대표에게 시비를 걸게 했다는 것이다. 홍보도 하기 싫어서 떼를 쓴 전적이 있으니 뻔하다는 식이었다.

그때까지만 해도 상황이 심각해질 거라 생각하지 않았다. 프로젝트 초반이라 서로가 맞춰가는 시기이다 보니 생기는 마찰이고 대화로 풀면 된다고 믿었다. 그러나 그건 혼자만의 착각이었고, 대표는 아무나 쉽게 믿으면 안 된다는 교훈을 퇴직금으로 주며 지인도 연고도 없는 타국에서 나를 쫓아냈다.

하루아침에 집도 절도 없는 신세가 되었다. 대책이 없었다. 스페인에서는 집을 어떻게 구하는지도 몰랐을뿐더러 당장 오늘 밤 어디서 잠을 자야 할지도 몰랐다. 코치진과 로커 룸을 청소해 주는 아주머니에게 연락하려고 해도, 팀에 문제를 일으키고 방출당한 동양인을 받아줄 리가 없었다. 한국으로 돌아가려고 해도 공항에 가는 법조차 몰랐다. 스페인에 도착한 순간부터 팀 스케줄대로 움직였으니 아는 거라고는 숙소에서 운동장 가는 길뿐이었다.

결국, 스페인에서 새로 얻은 역할은 노숙자였다.

# 스페인 여성과의 동거

8월의 스페인 시골 낮 풍경은 좀비에게 침략당한 마을 같다. 텅 비어 있는 거리에 움직이는 거라고는 햇살을 피해 나무 그늘 아래 모여 있는 비둘기 몇 마리뿐이다. 성당 종소리가 울릴 때까지 그 적막함은 계속된다. 종소리가 댕댕 울리면 놀란 비둘기가 노란색 하늘로 날아오르고 사방팔방에서 사람들이 광장으로 모인다. 그때부터 마을 분위기는 백팔십도로 달라진다.

다시 문을 연 가게들은 순식간에 테이블을 세팅한다. 광장은 각기 다른 스타일의 테이블로 메꿔진 큰 야외 레스토랑이 된다. 어른은 술을, 아이는 주스를 마시며 하루를 다시 시작한다.

시에스타(낮잠)를 철저하게 지키는 스페인 사람들은 하루를 1부, 2부로 쪼개 사는 것 같다. 나와 선수들은 아직 그 문화에 적응하지 못했지만 광장으로 나갔다. 먹으면 먹을수록 허기지는 숙소 밥의 마법을 햄버거로 풀기 위해서.

마법은 광장에서도 벌어졌다. 여느 날처럼 배를 채우고 있는데 유독 한 테이블이 눈에 들어왔다. 다른 곳은 모두 가족이나 청소년들 혹은 노인들이 앉아 있는 반면 그곳만 성인 여자 둘이 앉아 있었다. 그들도 동양인 무리가 눈에 띄었는지 우리 테이블을 힐끗거리다 눈이 마주쳤다. 그 눈길에 이끌려 말을 걸었다. 보통 스페인에서는 초면에 이름을 묻는다.

"안녕~ 이름이 뭐야?"

더운 날씨 때문인지 가슴이 파인 원피스를 입은 여자가 대답했다.

"나는 벨렌이야."

'B'와 'V'가 발음이 똑같기 때문에 구분하기 위해 '큰 비(B)'인지 '작은 비(V)'인지 되묻곤 한다. 우리나라로 치면 'ㅐ'와 'ㅔ'를 구분하기 위해 "아이예요, 어이예요?"라고 묻는 거와 같다. '벨'의 첫 글자가 B인지 V인지 몰라 물어보았다.

"벨렌의 비는 큰 비야, 작은 비야?"

벨렌이 가슴을 쭉 내밀며 대답했다.

"큰 비지, 보면 몰라? 하하하하하."

호탕한 웃음이 매력적이었다. 농담에는 농담으로 화답하는 게 인지상정. 허리춤에 양손을 얹고 말했다.

"반가워. 내 이름 병도 큰 비야."

우리는 스페인 특유의 볼 뽀뽀 인사를 두 번 주고받고 새벽 두 시까지 떠들었다. 농담으로 마음을 튼 우리는 나중에 진지한 관계가 되었다. 팀에서 쫓겨난 나를 거둬준 것도 벨렌이었다.

가족과 함께 사는 여자 친구의 집 구조를 간단히 소개하자면 2층에는 부모님, 여동생 그리고 벨렌이 잠을 자는 방 3개가 있었다. 1층에는 부엌과 거실, 뒤뜰이 있고, 지하에 차고가 있는, 외국 영화에서 흔히 볼 수 있는 스타일의 단독주택이었다.

팀에 속해 있을 때도 주말마다 그 집에서 가족과 점심도 먹고 뒤뜰에서 수다도 떨고 벨렌의 방에서 시에스타도

즐겨서 친숙한 곳이었다. 그래서 나는 당연히 그 방에서 같이 지낼 생각이었다(물론 벨렌도 나와 같이 있기를 원했다). 그러나 여자 친구의 아버지 생각은 달랐다.

그에게 주말마다 찾아온 '손님'과 함께 살아갈 '거주자'는 엄연히 다른 존재였던 것이다. 결혼도 하지 않은 남녀가 같이 잘 수는 없다는 입장이었다. 2층에는 남는 방이 없었고 모두가 함께 사용하는 거실을 내줄 수도 없으니 자연스레 잠자리는 지하 차고로 정해졌다. 귀신이 출몰할 법한 장소에 침실이 만들어졌다. 말이 침실이지, 그냥 차고에 매트리스 하나가 있을 뿐이었다. 그 침실에서의 첫날 밤이 바로 내 생일이었다.

# 지하실 기생충

인간은 적응하는 동물이라는 걸 페루에서 몸으로 경험했다. 내가 살던 이카는 사막이었다. 6월에 도착했는데 뙤약볕이 내리쬐는 사막에서 패딩을 입은 사람이 반팔을 입은 나를 신기하게 쳐다보았다. 사막에 패딩이 더 신기한데?

12월이 되어서야 모든 사람이 반팔을 입었고 나는 열병에 걸렸다. 이곳 사람들은 미세한 기후 차이로 봄, 여름, 가을, 겨울로 구분해 불렀지만 나에게는 여름, 매우 여름, 여름, 조금 여름일 뿐이었다. 우리나라를 왜 사계절이 뚜렷한 나라라고 말하는지 그때 이해했다.

이카 거주 1년 후 다시 맞은 사막의 겨울, 패딩을 구입

했다. 12월의 여름을 경험한 몸이 6월의 더위를 겨울로 정의한 것이다. 놀란 눈으로 패딩 입은 나를 쳐다보는 반팔의 관광객을 보며 씩 웃어주었다. 나도 그럴 때가 있었지.

이번에는 두꺼운 먼지가 햇빛을 막고 있는, 벌레들의 보금자리에 적응할 차례였다. 모래바람이 부는 사막도 견딘 목이 지하 차고가 뿜어내는 먼지를 만나자 콜록거렸다. 먼지를 가라앉히려 물을 뿌리면 시멘트 바닥이 쩍쩍 소리를 냈다. 밤만 되면 귀뚤귀뚤거리는 룸메이트 때문에 잠을 설쳤고, 새벽에 출근하는 차의 부르릉 소리에 겨우 들었던 잠이 깼다.

자동차와 침대의 경계에 설치한 얇은 가림막 천에 매연과 먼지가 쌓여 천이 기모처럼 변했다. 살짝만 건드려도 분처럼 미세한 가루가 묻어나는 탓에, 침대에서 빠져나올 때마다 몸을 바짝 세워 천을 피해 다녔다. 나중에는 그마저도 귀찮아 차라리 이불 속에서 나오지 않았다. 줄어드는 움직임만큼 입맛도 줄어들었다. 먹는 게 귀찮다는 말을 절대 이해하지 못하던 내가 먹는 걸 귀찮아했다. 이래서 엄마가 자취방 구할 때 반지하는 가지 말라고 했구나. 엄마 말 안 듣고 지하 차고에서 이 주를 보냈다.

개그를 하려면 그곳을 탈출해야 했다. 나에게 일어난 변화는 팀에서 쫓겨난 것밖에 없는데 나는 지나치게 움츠러들었다. 마드리드에 집을 구해 개그에 도전하자. 처음이야 아무것도 모르는 곳에서 혼자 살아가기 힘들겠지만 여기서 벨렌을 만난 것처럼 잘 해낼 수 있을 거야.

차고에서 빠져나와 와이파이가 있는 거실로 올라갔다. 인터넷으로 집을 알아보며 조건이 맞는 곳들의 전화번호를 차례대로 노트에 적었다. 총 5개의 집을 추려 첫 번째 집부터 전화를 걸었다.

"인터넷 보고 연락드렸는…."

"너 외국인이니? 어느 나라?"

"한국이오."

"중국인은 꺼져."

뚜뚜뚜…. 뚝뚝 뚝, 눈물이 흘렀다. 한국 사람한테도 쫓겨났는데 이제는 생판 얼굴도 모르는 사람한테 살지도 않은 집에서 쫓겨나네. 화가 나야 하는 타이밍에 겁이 났다. 다음 집에 전화하기가 무서워 지하실로 달려 내려갔다. 벨렌도 휴지를 들고 서른한 살짜리 울보를 따라 내려왔다. 세상 모든 사람이 나를 버려도 너는 아니구나. 품에 안겨

울며 육체적으로나 정신적으로나 벨렌에게 기대어 사는 기생충이 되어갔다.

그럴 때마다 부담이 나를 압박했다. 기생에 도전하려고 스페인까지 온 거야? 무대에서 개그하라니까 인생에서 개그를 하네. 적어도 하늘에서 지켜보는 신은 웃겠다. 땅 밑바닥 아래까지 왔는데 이제는 어디로 내려가야 하나.

까마귀가 왼쪽 손등을 쪼아댔다. 아무리 쳐내도 떨어지지 않고 계속 부리를 조아리다 갑자기 눈을 파먹으려 할 때 깜짝 놀라 잠에서 깨어났다. 꿈에서도 고통받았다.

얼마나 생생했으면 손등이 아직까지 욱신거렸다. 손으로 이마 위 식은땀을 훔치는데 이상한 촉감이 느껴져 손등을 보니 알밤만 한 물집이 동그랗게 부풀어 올라 있었다. 차고에 난방 시설이 없어 대신 껴안고 잔 휴대용 난로가 덮개에서 빠져나와 손등을 지져버린 것이다. 이놈의 인생아, 굳이 괴롭히지 않아도 충분히 괴로운데 이렇게까지 해야겠냐.

위로를 받고 싶어 벨렌에게 한국으로 돌아가고 싶다고 투정 부렸다. 기다렸다는 듯 헤어지자는 대답이 돌아왔다. 하긴, 나도 내가 싫은데 누가 나를 사랑하겠어. 병약한 정신에 육체적 손상, 거기에 이별의 아픔이 투 플러스 원으로 더해지니 도전이고 뭐고 견딜 수가 없었다.

애초에 샀던 비행기 왕복 티켓의 귀국 날짜를 옮기려 여행사에 문의하니 가장 가까운 날짜가 한 달 뒤라는 것이다. 더 가깝게 당기려면 새로 티켓을 구매하는 것과 맞먹는 돈을 내야 했다. 그 돈이면 차라리 한 달 동안 스페인에서 놀고먹는 게 나았다. 어차피 당장 한국으로 돌아가 봤자 할 것도 없고 더 비참하기만 할 텐데. 여자 친구에게 작별 인사를 하고 마드리드로 향했다.

## 습관성 도전의 결과

포기를 하니 간사하게도 마음이 쉽게 변했다. 오후만 되면 문을 닫는, 나태해 보이던 식당 주인이 여유로워 보였고 길에서 돈을 요구하는 노숙자가 거리 예술가로 보였다. '저 사람은 왜 분수에서 더럽게 물을 마시지?'라고 여겨지던 것도 '분수가 얼마나 깨끗하면 사람이 마실 수 있을까?' 싶었다.

막막하기만 했던 마드리드 생활에서는 놀거리가 넘쳐났다. 아침에 마요르 광장에 가서 파에야 먹고, 점심에 레티로 공원에 가서 추로스 먹고, 저녁에 마드리드 왕궁에 가서 상그리아를 한잔한 뒤 무료 관람 시간에 프라도 미술

관에 가서 피카소를 보았다. 레알 마드리드 경기는 비싸니까 베르나베우 스타디움 겉만 쓱. 몸을 바삐 움직이는데도 에너지가 남아돌았다. 일주일 동안은.

더 이상 새로운 볼거리도 먹을거리도 없었거니와 수중에 돈도 없었다. 이제 남은 삼 주 동안 뭘 하지? 막상 놀려니 그것도 어려웠다. 심심함이 우울함으로 연결될 조짐이 보였다. 그를 떨치기 위해 밤마다 클럽에 가보았지만 우울은 새벽까지 기다렸다 집에 돌아와 혼자가 된 나를 순식간에 덮쳤다. 서둘러 새로운 놀거리를 찾지 못하면 우울에 장악당할 것이었다. 살기 위해 놀아야 했다.

검색창에 한글로 '마드리드 관광지'를 치니 이미 다 가본 곳이었다. 내가 머물고 있는 숙소를 스페인 명소라고 올려놓은 블로그도 발견했다. 하긴 이 가격에 아침으로 식빵 두 장을 주는 거면 명소이기는 하지. "우리 게스트 하우스를 칭찬해 주셔서 감사합니다"라고 스페인어로 댓글을 달고, 이번에는 검색창에 스페인어로 '마드리드 볼거리'를 검색했다.

한글로 검색했을 때는 나오지 않던 결과물이 등장했으니 그건 바로 공연 정보였다. 링크를 타고 들어가니 뮤지

컬 〈라이온 킹〉부터 무언극까지 다양한 공연이 잘 소개되어 있었다.

그중 코미디 공연이 눈에 띄었다. 가난한 관람객이 공연을 결정하는 가장 중요한 요소인 입장료에서 코미디가 압도적으로 저렴한 가격을 자랑했기 때문이다. 저렴한 코미디 공연 중에서도 제일 싼 공연을 선택했다.

거대한 황금색 사자 머리가 대로 한가운데에서 입을 떡하니 벌리고 있는 대형 극장 옆의, 옆의, 옆의 포스터에 박힌 여덟 명의 익살스러운 표정이 '여기가 코미디하는 곳'임을 나타내고 있었다. 그러나 티켓을 끊고 들어간 그곳은 코미디 공연장이 아니었다. 다양한 술을 진열한 바와 음식을 나르는 종업원들 그리고 시끌벅적한 사람들까지. 공연장이라기보다 술집에 가까웠다. 설마 이런 데서 공연을 한다고? 의심하는 찰나 모든 대화 소리를 덮어버리는 음악소리와 함께 벽 한편을 덮고 있던 천막이 갈라지더니 무대가 드러났다.

한 손에 마이크를 든 남자가 인사를 하자 취객들은 분주하게 떠들던 입을 닫고 손뼉을 맞부딪치며 관객으로 변신했다. 코미디언은 박수에 화답을 하는가 싶더니 어마어

마하게 빠른 속도로 '다다다' 말을 쏟아냈다. 여기저기서 웃음이 터졌다. 내가 이해한 말이라고는 첫인사 "Hola"와 마지막 인사 "Gracias"가 다였다.

60분간의 무반주 랩이 끝이 나자 그는 천막 뒤로 사라졌다. 무슨 내용인지는 몰랐지만 마이크 하나로 그것도 한 시간이나 쉴 새 없이 대중을 웃기는 모습에 절로 박수가 쳐졌다. 그런데 미칠 듯이 깔깔대던 관객들은 웃음소리에 비해 작은 박수 소리로 그를 보냈다. 그렇게 웃어놓고 박수를 이 정도밖에 안 친다고? 관객은 언제 공연이 있었냐는 듯 술과 안주를 시키며 취객으로 돌아갔다. 나는 아직 다 마시지 못한 무알코올 맥주를 홀짝거리며 특이한 스페인식 코미디 뒤풀이 문화에 동참했다.

10분 뒤 맥주값을 계산하려는데 무대 뒤로 사라졌던 코미디언이 다시 나타났다. 그러고는 다시 마이크를 잡았다. 공연이 끝난 게 아니라 휴식이 주어진 거였다. 공연자를 위한 휴식이 아닌, 너무 웃다 지친 관객을 위한 휴식. 한 시간 더 웃음 고문을 당한 관객은 공연이 끝나자 얼마 남지 않은 기력을 모아 손바닥이 터져라 기립 박수를 쳤다. 자리에 앉아 있는 몇몇은 계속 새어 나오는 웃음을 막기 위해 심호흡을 하거나, 입을 벌린 채 눈물을 닦고 있었다.

처음부터 끝까지 이해한 거라고는 두 단어뿐인 나도 현장 분위기가 주는 기운에 웃음이 가시지 않았다. 가슴속에 주눅 들어 있던 욕망이 살짝, 아주 살짝 꿈틀거렸다. 이왕 노는 거 저렇게 무대에서 놀고 싶었다. 공연을 마치고 관객과 사진을 찍고 있는 코미디언에게 다가갔다. 가볍게 농담을 던졌다.

"진짜 재밌게 잘 봤어요. 5퍼센트밖에 이해 못 했지만."

"하하, 그래?"

"당신처럼 무대에 서려면 어떻게 해야 해요?"

"하하하, 너 진짜 웃긴다."

이번 건 농담이 아니었는데.

"그래? 그럼 일단 바 '에베'로 가봐. 14년 정도 하면 나처럼 할 수 있을 거야."

"뭐?!"

"하하하하하하."

호탕하게 웃는 코미디언이 멋있었다. 무대 위에 홀로 서서 좌중을 미친 듯이 웃긴 후 내려와서 여유 있게 웃으며 팬 서비스를 하는 모습이. 나도 저렇게 남을 웃기면서 웃고 싶다. 참 웃기다. 도전해야 할 때는 도피하고 싶더니만, 도피하니 도전하고 싶어지다니.

# 살벌했던 첫 경험

코미디언이 적어준 주소를 따라가니 스페인에 이런 동네가 있어도 되나 싶을 정도로 허름한 동네가 나타났다. 유럽 하면 떠오르는 르네상스풍의 거리가 아닌 슬럼가 골목이었다. 밤 11시에 혼자서 걷는 초행길. "조심해, 거기는 총기 살인도 일어나는 곳이야"라고 말해준 호스텔 주인이 원망스러웠다. 한 손에 핸드폰을 들어 동영상 녹화 버튼을 누른 채 그게 마지막 영상이 된다면 증거가 되길 바라며 빠르게 걸었다. 인기척이 없는 어두컴컴한 골목 어귀에 흐릿하게 빛나는 물체가 보였다. 마리화나 이파리가 그려진 간판. 코미디언이 말한 "에베"가 그 간판의 주인이었다.

입구에는 내 두려움만큼 큰 쇳덩이 문이 있었다. 제발 닫혀 있었으면 하는 마음으로 문을 밀었다. 너무 쉽게 열렸다. 3평 정도 되는 빈 공간과 또 하나의 문이 나타났다. 마치 지금이라도 늦지 않았으니 돌아가라고 한 번 더 기회를 주는 것 같았다. 앞에 있는 문으로 들어갈까, 뒤에 있는 문으로 나갈까. 엄지손톱을 뜯으며 문과 문 사이에서 갈팡질팡하는데, 한 무리의 남자들이 우르르 들어와 휩쓸듯이 나를 안으로 밀었다.

지하 주차장에나 있을 법한 굵은 시멘트 기둥이 공간을 양쪽으로 나눈 듯한 내부가 눈에 들어왔다. 한쪽에는 얇은 민소매를 입고 온몸에 문신을 드러낸 여자들이 다트 게임을 하고 있었다. 다른 쪽에는 우락부락한 덩치에 털이 수북한 남자들이 맥주잔을 부딪치고 있었다. 코미디보다는 격투가 더 어울리는 곳이었다.

일단 바 쪽으로 다가가 맥주를 주문했다. 갑자기 나타난 동양인이 "오렌지 주스 주세욤" 하고 술 못 마시는 티를 내면 더욱 이방인 취급을 당할 것 같았다. 일종의 기 싸움. 맥주를 넘길 때마다 정신이 맑아지는 기현상을 경험하며 다시 주변을 둘러보았다. 무대라고 부를 수 있는 것이 있기는 했다. 다만 그 높이가 기형적으로 높아 그 위에서 술에 취해 노래 부르는 아저씨를 보려면 고개를 직각으로 쳐올려야 했다. 당연히 아저씨에게 시선을 내주는 사람은 아무도 없었다. 나 역시 해코지당할 경우를 대비해 비상구만 쳐다보았다.

그러다 음악이 멈추었다.

"주모옥! 모두 조용!"

무대에서 노래를 부르던 아저씨가 본격적으로 술주정을 시작하려나 보다. 양쪽으로 갈라져 놀고 있던 사람들도 좋은 구경거리를 보기 위해 취객 앞으로 모였다.

"이곳은 아무나 올라와서 아무 말이나 하다 내려가는 무대입니다. 오늘 오신 코미디언분들 준비해 주세요."

코미디언이라는 단어에 두려움으로 쿵쾅거리던 심장이 조금 진정되었다. 각자 손에 노트를 든 무리가 연신 무언가를 읊조리며 시멘트 기둥 뒤쪽으로 모이기 시작했다. 취기인지 용기인지 그들이 있는 쪽으로 다가갔다. 취객인 줄 알았던 아저씨가 쌍수를 들며 반겨주었다.

"반가워. 오늘 진행자 호르헤야. 무대에 올라가려고 온 거지?"

의외의 인사였다.

"네 순서는 여덟 번째야. 제한 시간 5분. 오늘 코미디언이 많아서 시간이 없어."

내 대답 들을 시간도 없어요? 한다고 한 적이 없는데. 심장이 다시 쿵쾅거렸다. 가뜩이나 높은 무대가 아찔할 정도로 높아 보였다. 도망가기에는 출구 앞에 서서 대화를 나누는 문신남들을 뚫을 자신이 없었다. 내 순서가 올 때까지 무슨 말을 할까 머리를 쥐어짰다. 갑자기 웃긴 대본을 쓸 능력이 있었으면 내가 스페인까지 왔겠니. 그래, 그냥 이런 내 처지나 이야기하고 내려오자.

"안녕. 김병선이라고 해."

웃음이 피식 흘러나왔다. 동네 슈퍼에서나 볼 법한 동양인이 무대에 올라와 스페인어를 한다는 것 자체가 생소했을 것이다.

"내 스페인어 실력 어때?"

대답도 없었고 웃음도 없었다. 질문하지 말고 웃기라고. 둥지 속에서 어미 새에게 먹이를 조르는 아기 새처럼 고개를 바짝 쳐든 관객들이 웃음을 갈구하고 있었다. 빨리 끝내고 벗어나자.

"나는 한국인이야. 여기서 일도 안 하고 그냥 놀고 있어."

폭소가 터졌다. 왜 웃지? 도무지 영문을 알 수 없었다. 대충 스페인어 웅변을 마치고 계단을 내려오자 코미디언들이 다가왔다.

"너 정말 웃기다. 그 대본 어떻게 짰어?"

뭘 대본을 짜, 짜긴? 그냥 내 상황을 말한 것뿐인데. 지금 인종차별 하고 있는 건데 코미디언들이 비꼬아서 내가 이해 못 하는 건가? 기분이 좋으면서 동시에 기분이 나빴다. 참웃음인지 비웃음인지 헷갈렸다. 그들에게 둘러싸여 혼란스러워하는데 와이셔츠에 멜빵을 하고 콧수염을 깔끔하게 정리한 남자가 미소를 지으며 다가왔다.

"너는 한국인이라 소개했지만 여기서는 중국인이야."

그건 나도 알고 있었다.

"그런데 중국 사람이 일을 안 한다니, 그게 웃음 포인트인 거지."

그게 왜지?

"중국인은 일 중독자거든."

돌이켜보니 내가 살았던 마을의 중앙광장도 성당을 빼고는 중국인 슈퍼, 중국인 식당이 다 장악하고 있었다. 만약 하늘에서 갑자기 그 광장에 떨어졌다면 스페인 사람이 좀 많이 사는 중국이라고 여겼을 것이다. 모든 스페인 사람이 시에스타로 가게 문을 닫을 때도 그들은 문을 연다. 스페인 사람은 밤에 자고 낮에 자고 중국인은 낮에 일하고 밤에 일한다는 우스갯소리도 있다. 그런 중국 사람이 일은 안 하고 돈도 안 주는 코미디 무대에 올라가 있으니 웃길 수밖에.

의도치 않게 얻어 걸렸다는 게 이런 거구나. 어떤 코미디언은 자기 공연에 초대를 하고 싶다며 연락처를 물었다. 바 주인이 맥주 한 병을 건네주었다.

"무대에 올라가는 사람은 무료야. 마셔."

무대에 올라가기 전 맥주 한 병을 원샷해 이미 치사량이 넘었지만 성공적인 첫 무대를 기념하고 싶었다. 관객과 코미디언이 어우러져 술판이 열렸다. 살벌하게 보이던 바가 아지트처럼 보였고 무서워 보이던 사람들이 친구처럼 느껴졌다.

아이러니하게도 도전을 멀리하니 도전과 가까워졌다.

# 인종차별도 농담이다

지금 책 읽고 있는 님아, 외국인이 당신한테 눈 찢어졌다고 하면 어때요? 중국 사람이라고 부르면서 "니하오"라고 인사하면 불쾌해요?

전 아무렇지도 않아요. 눈 찢어진 게 나쁜 게 아니잖아요. 게다가 눈 찢어진 여자가 이상형인걸요. 중국인이라고 부르는 애한테는 제가 어느 나라 사람인지 알려주면 되잖아요. 나를 중국 사람이라고 착각했다고 바로 그를 인종차별주의자로 생각하면 나도 바보 아닌가?

페루에서 사는 초반 1년 동안 나는 바보였다. 길거리에서 모르는 사람이 니하오 하면 바로 가운뎃손가락으로 화답했고, 누가 중국이라는 단어만 입밖으로 꺼내도 화를 내며 "나 중국인 아냐! 한국인이야!"를 시전했다.

마을에서 포도 축제가 열린 어느 날, 북적이는 사람들 틈에서 보안 요원이 튀어나오더니 입장하려는 나를 가로막았다. 한창 행사장에 흘러나오는 음악에 들떠 있는데 흥을 끊어? 참을 인 한 번. 주위의 다른 현지인은 하지도 않는 신분증 검사를 나만 한다고? 참을 인 두 번.

꾸역꾸역 화를 참으며 여권 복사본을 보여주었다. 빳빳하게 코팅되어 있는 A4 용지를 쓱 본 보안 요원이 고개를 갸우뚱하더니 원본 여권은 어디 있느냐며 시비를 걸었다. 도난 위험 때문에 여권을 복사해서 다니라고 한 것은 페루 정부의 지침이었다. 결국 참을 인 세 번을 다 채우지 못하고 요원을 밀치고 욕을 퍼부었다.

몽둥이를 잡으려는 요원을 친구가 말리지 않았으면 철창 안에서 축제를 즐길 뻔했다. 친구가 원본은 집에 있다고 말하니 요원은 고개를 끄덕거리곤 우리를 보내주었다. 너랑 같은 인종이 하는 말은 잘도 듣는구나, 이 차별주의자야.

아직도 분이 삭지 않아 씩씩거리며 입장하는데 안쪽에

서 보안 요원들이 현지인을 대상으로 신분증 검사를 하고 있었다. 머리 끝에 있던 화가 양 볼로 내려오더니 얼굴이 화끈거렸다. 민망함에 사건을 반추해 보니, 순순히 신분증 검사에 임하고 원본은 집에 있다고 말하면 되는 거였다. 편협한 생각에 혼자 발광하고 괜한 사람을 인종차별주의자로 만든 것이다.

여유가 필요했다. 그 후 누군가 나에게 니하오라고 인사하면 니하오라고 받아쳤다. 인사가 인종차별은 아니니까. 그러다 기회가 생겨 대화가 이뤄지면 우리나라 인사는 "안녕"이라고 알려주었다. 다음부터 그는 안녕이라고 인사했다. 화는 주지 않던 친구라는 선물을 친절이 주었다.

물론 개중에는 원색적으로 인종차별을 하는 사람도 있다. 어느 순간부터는 그들도 반가웠다. 나 역시 그들을 막 대하며 스트레스를 풀 기회를 주었기 때문이다.

"야! 이 중국 놈아."

"왜 이 페륜아야(단어 '페루'를 이용한 말장난)?"

스페인에서도 인종차별을 한 코미디언이 있었다. 누구나 올라갈 수 있는 오픈 마이크에는 항상 새로운 사람이 있게 마련이다. 무대 경험이 없는 초보자는 일단 똥, 오줌,

방귀 이야기를 하다 인종차별, 성차별까지 한다. 사실 이건 모호한데, 웃기면 농담이고 안 웃기면 모욕인 것이다. 생각보다 농담의 '선'을 지키기는 매우 힘든 일이다.

"아시아 사람은 키도 작고 다 똑같이 생겼어! 하하하."

자기가 말하고 자기만 웃었다. 아무도 안 웃었으니 이건 모욕이다.

"혀가 나무로 만들어졌나? rr 발음은 왜 못하는 거야? 하하하."

관객 반응이 아예 없자 코미디언 친구 하비가 다가와 귓속말을 했다.

"다음에 너 올라가라."

그날은 하비가 진행을 한다기에 구경만 하려고 반바지 차림에 대충 크로스 백만 메고 가서 준비한 대본이 없었다. 하지만 탐나는 제물이 있었다. 그가 무대를 채 마무리하지 못하고 내려오자 진행자 하비가 말했다.

"공교롭게도 오늘 이 자리에 실컷 욕을 먹은 당사자가 있습니다. 그에게 대변할 기회를 줘야겠죠?"

내 등장만으로도 관객은 웃었다.

"내가 스페인어 잘 못해도 참아. 나도 네 말 재미없는데

참았으니까."

방금 전 웃음 포인트 없는 농담에 답답했는지 공감이 담긴 박수가 터졌다. 그가 했던 말을 그대로 받아쳤다.

"우리 친척 중에 내 키가 제일 작거든. 근데 넌 한 내 어깨쯤 오던가?"

선 채로 바에 기대서 무대를 관람하던 당사자는 서둘러 빈 의자를 찾아 착석했다.

"그리고 나 rr 발음 개잘함."

"Erre con erre guitarra, erre con erre ferrocarril." 혀를 굴려야 하는 rr 발음을 못하는 외국인이 많았는데 공교롭게도 나는 어릴 때부터 저절로 되었다. 스페인어로 스페인 사람을 놀리는 맛은 짜릿했다. 그에게 악감정은 없었다. 인종차별도 느끼지 않았다. 하나도 웃기지 못한 공공의 적을 제물로 삼은 것뿐이었다.

재료가 좋으니 싱싱한 애드리브가 나왔다. 그동안 올라갔던 어떤 무대보다 큰 웃음소리를 들을 수 있었다. 괜히 미안했다. 어떻게 보면 코미디를 처음 해보는 초보자의 실수를 놀린 꼴이었으니까. 그에게 미안하다고 하니 죄송했다는 대답이 돌아왔다. 그 후로 그를 만난 적은 없었다.

나중에 유튜브에 올라간 이 영상은 4백만이 넘는 조회수를 기록했다. 그 밑에는 그를 향한 온갖 욕이 난무했다. 그리고 그 욕의 대부분은 인종차별이었다.

# 농담의 선은 누가 정하나

스페인은 농담을 좋아한다. 대형 마트에 진열된 티브이에 대뜸 젖꼭지만 아슬아슬하게 가린 채 가슴을 출렁거리며 춤추는 사람이 나타났다. 옆에 있던 종업원에게 공중파에서 저게 가능하냐 물으니 자기는 가슴이 작아서 안 된다는 대답이 돌아왔다. 얼마나 작은지 보여줄 수 있느냐 물으니 돋보기가 있느냐고 되물었다. 초면에 이런 수위의 '티키타카'가 가능한 나라이다. 물론 사람마다 다르겠지만 과연 현직 코미디언이 느끼는 대략적인 스페인 농담의 선은 어디인지 궁금해 물어보았다.

**호세** 농담에 선 같은 건 없어야 한다는 건 내 바람이고. 분명하게 선이 있어. 이중 잣대가 존재하거든. 코미디 역시 여느 다른 분야처럼 표현의 자유가 있어야 하잖아. 무대에서 우리는 하나의 캐릭터이고 과장이나 생략을 한 대본을 읽을 뿐이니까. 그런데 영화를 보고서는 따지지 않던 주제를 코미디 무대에서 하면 따질 때가 많아. 그래서 제약을 받는 부분이 좀 있지.

병선 그래? 근데 길에서는 수위 높은 농담을 막 하던데?

**호세** 그건 길거리고. 그리고 네가 그런 사람을 만나서 그런 거지. 사실 내 경험상으로도 농담을 즐기는 사람이 대다수야. 간혹 가다 기분 나빠 하는 사람이 등장할 뿐이지. 예를 들어, 종교가 싫다는 건 내 의견이니까 말해도 되잖아. 그런데 관객 중 목사가 있다면 그 말을 싫어하겠지. 그렇다고 그런 사람을 신경 쓰느라고 그런 걸 좋아하는 사람을 외면할 수는 없잖아. 모두를 만족시킬 수는 없어. 결국 중요한 건 웃기느냐 안 웃기느냐야. 안 웃기면 아무도 만족하지 않으니까.

병선 웃기면 장땡이다 이건가?

**호세** 유머에 한계는 없어야 한다 이거지. 일례로 사고로 다리를 잃은 여성이 있었어. 그 사고가 이슈가 되면서 그녀는 미디어에 자주 노출이 되었고 많은 사람이 그녀의 다리와 관련한 농담을 만들어냈어.

병선 뭘 잘못한 유명인이었어?

호세 아니, 평범한 일반인이었어. 그냥 사람들이 남의 고통을 갖고 선 넘은 짓을 한 거야. 그런데 대단한 건 그녀가 그 농담을 받아들였다는 거야. 매체에 나와서 본인에 대한 농담을 웃어넘겼거든. 유머의 한계를 없앤 거지. 문제는 오히려 다른 사람들이 제기했어.

병선 정작 당사자는 농담으로 받아들였는데 다른 사람들이 불편해했구나.

호세 그렇지. 그게 복잡한 포인트지. 하지만 명백한 건 당사자가 불쾌해하면 그건 잘못된 거야. 여기는 공채 시험 같은 게 없어. 웃기고 안 웃기고를 무슨 방송국 피디가 결정해. 대중이 하는 거지. 여기서 질문은 대중이 누구냐는 거야. 스페인 5천만 국민 중 몇 명이 좋아해야 대중적이라는 건데. 그걸 알 수 없으니 선이라는 것도 경험으로 체득할 수밖에 없지. 그러다 보니까 경험이 적은 코미디언이 프로인 것처럼 행세하고 다니다 갈등을 조장하고 코미디언이 싸잡혀서 욕 먹는 거지.

병선 너희도 선에 대해 고민을 하는구나.

호세 당연하지. 그렇다고 너희처럼 언급 자체를 터부시하지는 않아. 더 문란한 것들이 섹스란 단어만 나오면 호들갑 떨고. 더 차별하는 것들이 인종차별만 언급하면 인상 쓰고 참 웃기지도 않아. 우리도 언급 자체를 심각하게 여기는 것이 있긴 있어. 장애나 소아성애자 같은 거. 한번은 장애인을 위한 자선 행사에서 날 불렀어. 난 막말을 많이 하는 스타일이니 이 관객에게는 적합하지 않다고 주최측에 말했지. 걱정하지 말라더라고. 시설에 있는 아이들은 안 온다면서. 그래서 무대에 올라갔는데 190명 중 20명 빼고는 다 신체장애가 있는 관객인 거야. 이런 상황에 대비한 다른 농담은 준비하지 않아서 원래 대본으로 공연을 했지.

대본은 이렇게 시작해. "난 특별한 사람이에요!" 그때 여기저기서 수군거리는 거야. "우리 아이가 특수하다고 놀리는 거야?" 부모들이 그걸 모욕으로 받아들인 거지. 아차 싶었지만 어떡해, 이미 뱉은 말인데. 아무도 웃지 못하는 최악의 30분을 보냈어. 다음 날 페이스북으로 메시지가 오더라. "입조심해라. 대가리 둘로 쪼개버리기 전에"라고.

병선 그때 기분이 어땠어?

호세 그 당시에는 침울했지. 나는 재능이 없나란 생각도 했고. 그런데 하다 보니 덤덤해지더라고. 어제도 오픈 마이크에서 5분 동안 관객이 두 번밖에 안 웃더니 욕을 하더라니까. 근데 뭐 어쩌라고. 그러려니 하고 관객이 웃었던 농담 2개는 갖고 가고, 안 웃은 건 버리고 다시 짜는 거야. 그게 우리 일이지, 뭐.

병선 여기선 관객이 코미디언한테 욕을 해?

호세 자주. 그게 기분 나쁜 시절도 있었지. 한번은 관객이랑 애드리브를 하다가 이름을 물어봤어. 제대로 못 들어서 그냥 아무개라고 불렀더니 걔가 나한테 시발놈이라는 거야. 화가 나더라. 그런데 그것도 뭐 한두 번이어야지. 금방 익숙해졌어. 그럼 나도 관객에게 욕하기 시작하는 거야. 그 욕도 어떻게 하느냐에 따라 달라. 예전에 5분 정도 공연을 하다가 너무 안 웃길래 "한 번을 안 웃냐? 쓰벌놈들아"라고 귀엽게 말하니까 그때부터 웃더라고.

병선 그 정도면 스페인 사람이 그냥 욕을 좋아하는 거 아냐?

**호세** 하긴 그런 것 같기도 하다.

병선 그래? ×××× ××× ××××× ××××××××.

**호세** 선 넘네.

스페인 코미디언들도 깊게 고민하는구나. 길거리와 무대에서 인종, 종교, 정치 이야기를 스스럼없이 하는 탓에 선이 없는 줄 알았다. 한국에서 왔기에 체감상 스페인 농담에서는 선이 없다고 느낀 것일지도 모르겠다. 그러고 보니 섹스 이야기는 그렇게 쉽게 하는 스페인 사람들이 유독 축구 이야기는 조심해서 하는 것 같기도?

2부

# "어쩌다가 만나게 된 범상한 사람들"

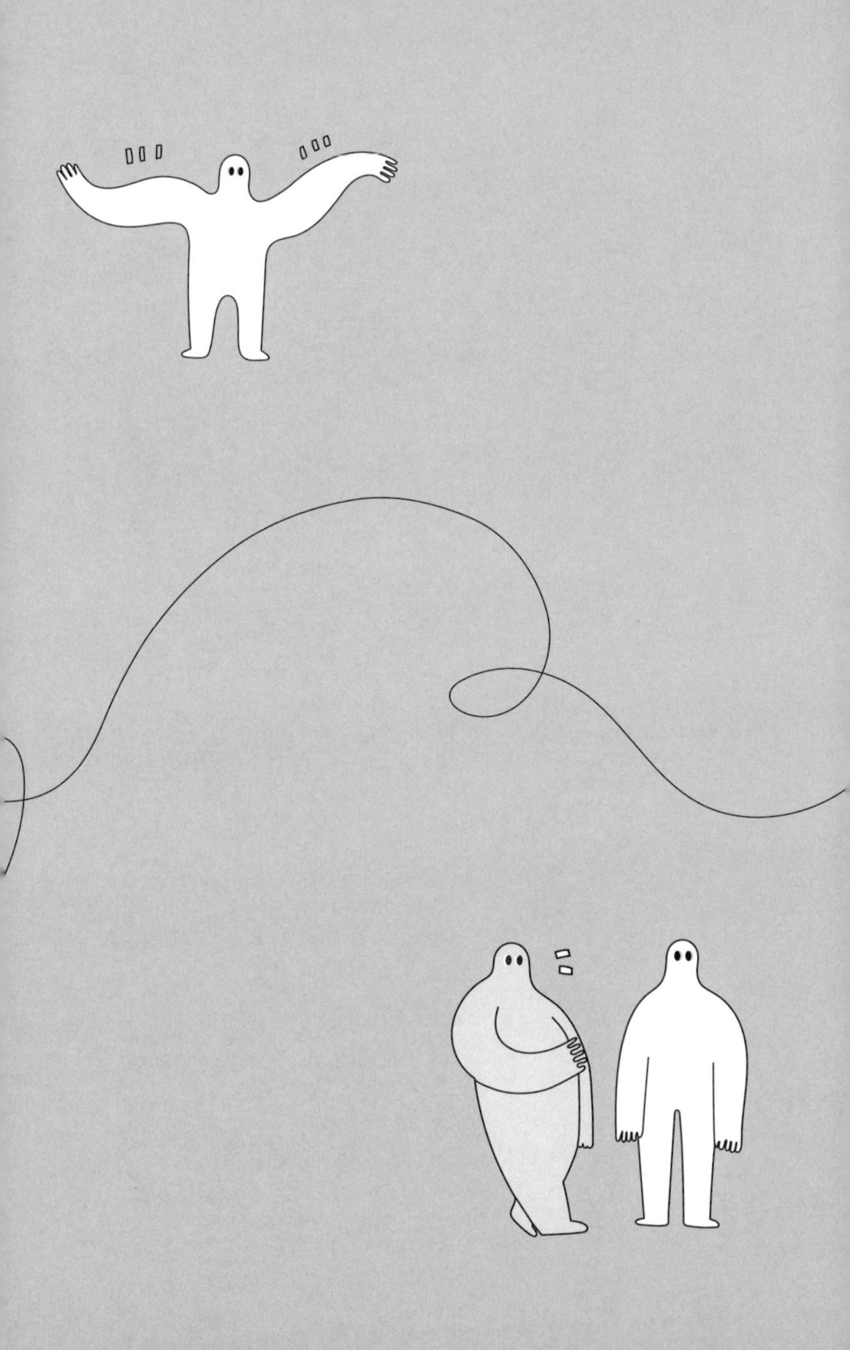

# 집 구하기
## 면접 시험

스페인 한 달 생존하기, 얼마 들까?

한 끼: 최소 6,000원

호스텔 하룻밤: 30,000원

하루 생존비: 6,000원 × 세 끼 + 30,000원 = 48,000원

그럼 한 달이면?

한 달 생존비: 48,000원 × 30일 = 144만 원

전 재산은 딱 백만 원이었다. 대책이 필요했다. 밥은 포기할 수 없으니 잠을 더 싼 곳에서 자기로 했다. 운 좋게도 '에베' 바가 있는 바예카스 지역의 집값은 다른 곳보다 저렴했다. 홈 셰어링을 하면 가격은 더욱 낮아졌다. 한국 사람이라는 이유로 집을 구하지 못한 상처를 떠올리며 어눌한 스페인어를 들키지 않기 위한 전략으로 최대한 짧게 대답했다. 그들은 취업 면접처럼 까다롭게 질문했다.

"애완동물은 키워요?"

"아니요." 지금 나 하나 감당하기도 힘든데 무슨.

"애인 있어요?"

"아니요." 얼마 전에 차였어.

"주로 어디서 일해요?"

"바예카스요." 뭐 백수한테는 노는 게 일이지.

거침없이 그들이 좋아할 만한 답으로만 말했다. 그러다 한 질문에 말문이 막혔다.

"직업이 뭐예요?"

백수라고 솔직히 말하면 좋아하지 않을 것 같았다.

"음… 코미디언이오."

"그럼 백수네. 안 돼요."

그들은 한 사람이 월세가 밀리면 나머지 사람이 피해를 보기 때문에 안정적인 직업을 가진 룸메이트를 원했다. 충분히 납득이 가는 이유였기에 "한국 사람은 안 돼"를 들었을 때의 좌절감은 없었다. 직업을 구할 수 없다면 만들면 되는 거였다.

"직업이 뭐예요?"

"작가입니다. 아이디어를 찾기 위해 여행을 하고 있죠."

사실이었다. 코미디언은 직접 대본을 쓰니까. 그 시점부터 면접을 할수록 요령이 생겼다.

"요리를 자주 하는 편인가요?"

"아니요, 근데 당신이 원하면 해줄게요."

"하하하, 외국인인 거 같은데 스페인어 잘하네요."

"고마워요. 당신도 스페인어 잘하네요."

"하하하, 당연하죠. 스페인 사람이니까. 우리 집 보러 한번 오세요."

농담을 하니 합격률이 높아졌다. 그리고 여러 방을 보다 보니 실상도 알게 되었다. 그들이 집을 공유하는 방법은 최초 거주자가 집주인과 계약을 하고 같이 살 사람을 구해서 월세를 나누어 내는 형식이었다. 방이 오랫동안 비어 있으면 큰 손해였기에 그들도 초조한 건 마찬가지였다. 그들이 더 이상 갑으로 보이지 않자 더 여유 있게 방을 구할 수 있었고 마음에 쏙 드는 친구들과 계약을 했다. 브라질 사람과 모로코 사람이 살고 있는 월세 250유로짜리 집. 싼 가격도 매력적이었지만 모로코 친구는 더 매력 있었다.

"난 여자가 너무 좋아. 그래서 매일 이 집으로 데려올 거야. 그래도 상관없지?"

"오히려 좋지."

"하하하하. 만약 내가 여자를 안 데려오는 날이 있으면 라마단 기간이구나 생각하면 돼."

내가 상상하던 무슬림의 이미지와 달랐다. 인스타그램에 "라마단 1일 차, 배고픔은 아무것도 아니다." 따위를 올리는 걸 보며 얘도 똑같은 인간이구나 싶었다. 한 번도 여자를 데려오지 못하는 놈에게 라마단은 평생 하는 거냐고 놀리는 맛도 쏠쏠했다. 종교, 문화, 나라 모든 게 달라도 웃음 코드가 같으니 금방 친해졌다. 저렴하게 살 곳이 필요했을 뿐인데 돈으로도 구할 수 없는 친구를 얻은 기분이었다.

# 첫 동료의
# 중독성 강한 취미

착각이었다. 스페인에서 친구가 생겼다는 기분은. 룸메이트들과는 생활 패턴이 달라 대화를 나눌 시간이 부족했다. 새벽에 끝나는 코미디 바에서 집으로 돌아오면 출근 준비하는 룸메이트와의 인사가 대화 전부였다.

"잘 잤어?"

"응. 잘 자."

처음으로 장기간 타지 생활을 했던 곳은 페루이다. 현지어도 못하는 상태에서 아는 사람도 없는 곳에 가면 외로움에 사무쳐 미쳐버리지 않을까 걱정했다. 하지만 2년 동안 전혀 외로움을 느끼지 못했고 나는 스스로 외로움에 강한 사람이라 여겼다. 내 인생 두 번째 타지 생활지인 스페인에서 그것이 착각이었다는 것을 깨달았다.

페루에서 외로움을 느끼지 않은 건 다 아나엘 덕분이었다. 우연히 길에서 알게 된 아나엘은 귀찮을 정도로 나를 챙겨주었다. 처음에는 너무 잘 해줘서 뭘 바라고 그러나 의심까지 했다. 일방적인 호의는 2년 동안 계속되었고 어느 순간 나도 아나엘이 바라는 게 있으면 바로 해주는 관계가 되었다. 여하튼 내가 외로움을 느끼지 못하는 사람이 아니라 외로움을 느낄 겨를을 주지 않는 친구가 옆에 있었다는 뜻이다.

나이 서른 먹고 친구 구하기를 고민할 줄이야. 태어나서 처음으로 "친구 사귀는 법"을 검색해 보았다. 사교댄스 모임에 한번 나갔다가 나보다 더 스페인어를 못 하는 스페인 사람들의 소심한 모습에 당황해 다시는 나가지 않았다. 괜히 한국에 있는 친구들이 고마웠다. 친구가 이렇게 만들기 어려운 존재인지를 친구가 없으니 실감하게 되었다.

'에베' 바에 있는 사람들은 항상 만취 상태였기에 뭐라고 말하는지 도통 이해할 수 없었다. 그래도 혼자 있는 것보다는 나았기에 그냥 옆에 앉아 있었다. 오히려 코미디언들은 더 제정신이었는데 그들은 바를 자주 찾지 않았다. 조그마한 동네 바는 대본을 검증하러 오는 곳인데 매일 와 봐야 항상 같은 관객이니 소용이 없었던 것이다. 한번 검증을 하고 나면 새로운 대본을 쓰기까지 나타나지 않았다. 나야 뭐, 일단 떠들어보고 관객이 웃는 부분이 내 대본이 되었기에 매일 바 무대에 올라갔다.

나 외에 개근을 하는 코미디언이 한 명 더 있었다. 그는 이해하기 힘든 코미디를 했다. 그가 무대에 오르면 스페인어가 부족한 나는 그렇다 치더라도 스페인 사람들도 이해를 못 하는 눈치였다. 심지어는 본인조차도 무슨 소리를 하고 있는지 전혀 모르는 것 같았다. 실력이 부족해서 매일 오는 것 같은데 대본보다는 발음이 항상 문제였다. 그가 한 말 중 유일하게 이해할 수 있던 한 마디는 "피울래?"였다.

매번 본인이 피우고 있는 담배를 주변 사람에게 권했다. 그와 내가 친해진 계기도 담배 때문이었다. 무슨 이유인지 바의 문이 닫혀 밖에서 서성거리던 날이었다. 간판의 희미한 불빛을 보며 어쩌면 바가 망해서 완전히 문을 닫은 건 아닐까 생각하고 있었다. 그때 힙합 패션인지 그냥 몸이 말라서인지 바지를 무릎까지 내리고 팬티를 다 드러낸 채 그가 내 쪽으로 다가왔다.

"피울래?"

어김없이 입에는 담배를 물고 있었다.

"나 담배 안 피워."

"이거 담배 아닌데?"

그 대답에 내가 흡연자였으면 어떻게 되었을까 소름이 돋았다. 담배인 줄 알았던 것은 간판 속 주인공인 마리화나였다. 뉴스에서만 들어본 물건이 바로 내 앞에서 타고 있었다. 그도 영화처럼 갱과 연결되어 있는 것일까? 두려움과 호기심이 밀려왔다.

"맨날 그거 피우고 무대에 올라가는 거야?"

"그럴걸?"

그래서 혀가 꼬여 있었구나!

"그거 불법이잖아."

"아닐걸?"

스페인에서는 마리화나의 판매 행위만 불법이라는 놀라운 사실을 알게 되었다. 더 놀라운 건 자기는 집에서 마리화나를 재배해 피우기에 합법이라는 것이었다. 그는 내 반응이 재밌는지 자기 집에 구경하러 가지 않겠느냐고 제안했다. 영화 보면 농장에서 갱이 대규모로 재배하던데 어떻게 집에서 저걸 키우지? 그가 더 범죄자처럼 느껴진 나는 겁이 나는데 호기심은 겁이 없었다. 위험한 상황이 벌어지면 바로 토끼겠다는 생각으로 그에게서 5미터 정도 떨어져 뒤따라갔다.

그의 옷 스타일로 미뤄보아 혼자 살거나 친구와 사는 줄 알았다. 편견이었다. 도착한 집은 지나치게 평범한 빌라 단지였고 문을 열어준 사람은 그의 어머니였다. 어머니는 성경책을 들고 있었다. 한 손가락이 책 사이에 끼워져 있고 목에 건 줄에 안경이 대롱대롱 걸려 있는 것으로 보아 방금까지 성경을 읽고 있었던 듯했다. 어머니와 볼인사를 하고 집을 둘러보니 지극히 평범한 스페인 가정집이었다.

'여기서 어떻게 마리화나를 재배할 수 있는다는 거… 어? 진짜 있네?'

집 한편에 한국 어머니들이 키우는 그것과 똑같은 화분 안에 아무렇지 않게 그 풀이 자라고 있었다. 다른 점이 있다면 스탠드로 보이는 것이 빛을 비추고 있었다는 것 정도. 다른 편에는 고추 말리듯 풀잎을 말리고 있었다. 그는 친절하게 마리화나를 만드는 과정을 설명해 주었다.

“여기서 이렇게 잎을 따서 저기서 말려. 그런 다음에 분쇄를 해서 종이에 말아 피우면 돼.”

어머니는 성경책을 읽고 있었다.

“피우면 웃음 나오는 거, 울음 나는 거, 졸리는 거 등 종류도 여러 개 있어.”

이어서 자기가 마리화나를 시작한 이유도 말했다.

“원래는 서커스를 했는데 여자 친구가 좀 더 진지한 일을 하라고 해서 스탠드업 코미디를 시작했어. 근데 서커스는 다 같이 하는데 이건 혼자 하는 거잖아. 나한테만 몰리는 시선이 부담스럽더라고. 얘 힘을 빌리면 괜찮아서 그때부터 재배했지.”

무대에서 겁뿐만 아니라 감까지 없앤다는 부작용은 모르는 눈치였다. 약 기운이 떨어지는지 대화를 할수록 혀가 정상으로 돌아오고 있었다. 그사이 어머니는 하몽을 썰어 주었다.

여느 한국 친구 집에 놀러 갔을 때의 풍경과 똑같았다. 마리화나만 빼면. 농담을 좋아하고 잘 웃는 그 또한 나의 다른 친구들과 다르지 않았다. 약 기운만 빠지면. 언제 제 정신인지 알 수 없는 코미디언 하비와 하몽을 먹으며 어색함과 편견을 씻어냈다.

## 사람을 사랑하는 범성애자

다양한 스페인 코미디언과 친해지고 싶었다. 그래서 그들의 관종끼를 이용했다. 카메라를 들이밀며 인터뷰를 요구하면 자기 돈으로 스튜디오를 빌릴 정도로 좋아했다. 무제한급 수위의 농담부터 속사정까지 이야기하다 보면 어느새 친해져 있었다.

자글자글한 주름 사이로 에너지를 내뿜는 알보와도 가까워지고 싶었다. 인터뷰를 요청하자 자기 집으로 부르더니 내 양손에 호피 무늬 천으로 싸인 수갑을 채우곤 씻고 왔느냐고 물었다. 이런 식(?)으로 가까워지기 전에 내 방식으로 먼저 친해지자고 했다. 안 씻은 상태이기도 했고.

병선 유튜브 보니까 티브이에서 활동하시던데요?

알보 그거 옛날이야. 멘트를 치는데 감독이 "그건 안 돼!" 하길래 바로 엿을 날렸어. 그 자리에서 잘리고 바로 후회했지. 난 미친놈이야.

병선 무슨 말을 했는데요?

알보 "오늘 제 무대가 마음에 든다면 저와 성관계를 하실 분 있나요?"

병선 그런 걸 왜 말한 건데요?

알보 하고 싶으니까. 물어보지 않으면 "네"란 대답을 들을 수 없잖아. 누군가 "아니요"라고 말한다고 해서 그게 피 보는 일도 아니고. 그러니까 일단 물어보는 거지. 그래서 네가 생각하는 것보다 나는 더 많은 성관계를 했을 거야. 내가 생각하는 것보다는 한참 못 미치지만.

진지하게 말하던 알보가 연초를 말기 시작했다.

병선 마리화나 피우세요?

알보 이건 담배야. 마리화나를 많이 피우긴 했었지. 장기가 다 파괴되기 전까지는. 그래도 세상에 나쁜 거는 없어.

지금 담배를 피우는 법을 알게 된 것도 마리화나를 피웠기 때문이잖아. 그나저나 이 인터뷰 언제 끝나?

병선 이제 시작했는데요?

**알보** 이따가 데이트하기로 해서 말이야. 남자애랑.

병선 남자? 게이예요?

**알보** (갑자기 울리는 전화벨) 잠깐만. 내 딸이야.

병선 딸?

도저히 종잡을 수 없었다.

**알보** 내 딸은 세상에서 가장 아름다운 여자야.

병선 동성애자인데 딸이 있어요?

**알보** 범성애자야.

병선 양성애자?

**알보** 아니, 범성애자. 양성애자는 남자와 여자를 좋아하는 거지만 범성애자는 남자든 여자든 상관없이 좋아하는 거야. 그냥 사람을 좋아하는 거지.

병선 그럼 결혼을 한 거예요?

**알보** 했었지, 두 번. 그리고 두 명의 남자와도 동거했었어. 동시에 살았다는 건 아냐. 그러니까 순서대로 두 명의 여자와 결혼을 했고 두 명의 남자와 사랑을 했지. 어릴 때부터 다리 사이에 뭐가 있느냐가 중요한 게 아니라 머리와 가슴에 뭐가 있느냐가 중요하단 걸 깨달았거든. 느낌 와?

병선 대충은 알겠는데 확실히는 모르겠어요.

**알보** 많은 사람이 이해 못 해. 그래서 내가 코미디를 시작한 거야. 옛날에는 한 명의 왕과 여러 명의 신하가 있었는데도 오직 광대만이 진실을 말할 수 있었지. 유머 속에 숨겨서 말이야. 게이나 트랜스젠더같이 손가락질받는 존재도 웃음을 주면서는 진실을 말할 수 있는 거야. 인생은 전투야. 각자가 어디 편에 설지 정하는 거지. 나는 웃음을 주는 편에 서기로 했어. 그걸 깨닫곤 코미디를 시작했지. 좀 늦긴 했지만.

병선 언제 시작했는데요?

**알보** 마흔 살. 벌써 25년 전이네. 당시 바르셀로나에서는 내가 최초로 스탠드업 코미디를 시작한 사람이었어. 많이 힘들었지. 시내에 있는 모든 바를 돌아다녔거든. "여기서 코미디 한번 해볼 수 있을까?" 주인은 웃기지 말라며 날 쫓아내려 했어. “그래, 나 웃기지? 무대에선 더 웃겨.” 이런 식으로 설득했고 무대에 올랐지. 정작 가족은 날 미친 사람 취급하더라고. 돈 잘 벌고 잘 살고 있었는데 왜 그러느냐고.

병선 그 전까지 무슨 일을 했는데요?

**알보** 사업가였어. 직원도 많았고 회의도 많이 했지. 집단 최면에 걸린 상태로.

병선 집단 최면이오?

**알보** 네가 태어나서 학교 같은 시스템 속에 들어가면 사회 구성원으로 만들기 위해서 너를 훈련시키지. 그 전 사람들이 만든 그 사회 말이야. 나도 그 안에서 살았어. 그러다 마흔 살 때 깨달았어. 왜 좋은 차와 집을 가지고 싶어 하는 거지? 다른 사람에게 성공했다는 말을 듣기 위해서? 이 질문의 답을 찾다 보니 뭔가 잘못된 것 같더라고.

병선 그 답을 찾았어요?

**알보** 응. 다른 사람 눈에 잘 보여야 한다는 생각을 버리면 돼. 우리는 다른 사람이 나를 어떻게 생각할까를 너무 신경 쓰며 살아. 내가 무엇을 원하는지에 집중하며 살아야 해. 죽기 전에 자신을 돌아본다고 생각해 봐. ‘남 눈치 보던 나'는 나를 자랑스럽게 만들지 않거든. '자유롭고 행복하려 했던 나'가 나를 자랑스럽게 해주지. 내가 죽을 때 스스로에게 이렇게 말했으면 좋겠어. "잘했어, 알보. 꿈을 좇았잖아."

병선 인생 선배로서 나한테도 한마디 해줘요.

**알보** 게이는 게이를 알아보는데 넌 게이가 아니거든? 근데 내가 널 게이로 만들어줄 수 있을 것 같아. 이리 와봐.

알보의 이야기에 몰입해 하마터면 새로운 경험을 할 뻔했다. 단순히 친해지려고 했던 인터뷰에서 존경심까지 느껴버렸다. 다행이다, 사랑까지는 안 느껴서.

## 베르나베우에서 얻은 한국인 최초 타이틀

스페인 코미디언들은 축구를 싫어한다. 축구를 보느라 코미디를 안 본다는 둥, 모두가 보는 걸 같이 즐기면 독창성이 떨어진다는 둥, 다 큰 어른 여러 명이 우르르 공을 쫓아다니는 짓거리가 뭐가 재밌냐는 둥. 그래서 호르헤가 그 장소를 말했을 때 더 놀랄 수밖에 없었다.

"베르나베우에서 공연해 볼래?"

축구를 잘 모르는 사람도 레알 마드리드는 알 것이다. 그 팀의 홈구장이 바로 베르나베우이다. 내가 소속된 팀에서 팽당하자마자 첫 번째로 달려간 곳이기도 하다. 돈이 없어 안까지 들어가지도 못한 곳에서 공연이라니, 말도 안

되는 일이 아닐까?

"말도 안 되는 기회지. 대한민국 최초로 베르나베우에서 공연한 코미디언! 멋있지 않냐?"

마리화나를 피우지 않은 하비는 처음이었다.

"여기 오는 사람들은 그 냄새 싫어해."

너 이렇게 또박또박하게 발음할 수 있었구나. 제정신 모드인 하비와 함께 사람들을 따라 베르나베우 레스토랑으로 들어갔다.

"예약하셨나요?"

건장한 체격의 경호원이 가로막았다.

"호르헤가 불러서 왔는데요…."

"어떤 호르헤?"

스페인에서 호르헤는 한국의 지호처럼 흔한 이름이다.

"코미디언인데…."

"아, 코미디언! 너구나?"

경호원이 보여준 팸플릿에 내 사진이 박혀 있었다. 비록 구석이었지만 무려 베르나베우 공연 팸플릿에 말이다.

레스토랑 한쪽 벽을 이루는 통유리로 운동장이 훤히 보였다. 유리가 가로막고 있지 않았다면 잔디밭으로 뛰어들었을 것이다. 무대에서는 한 여성이 첼로를 켜고 있었고 사람들은 그 리듬에 맞춰 스테이크를 칼질하고 있었다. 나름 신경 쓴다고 정장을 차려입었는데도 손님들이 더 화려했다. 넋을 놓고 있는데 누군가 어깨를 툭 친다. 호르헤였다. 인사도 생략한 채 물었다.

"오늘 레알 마드리드 선수도 와?"

"너는 주말에 회사 식당에서 밥 먹고 싶냐?"

우문현답이었다. 이번에는 하비에게 물었다.

"떨려서 미치겠네. 넌 안 떨려?"

대답이 없었다. 그의 눈은 약 기운이 있을 때보다 더 풀려 있었다. 심장이 쿵쾅거리고 항문과 요도가 꿈틀거렸다. 아예 변기에 앉아 대본을 중얼거렸다. 운동장에서 뛰는 레알 마드리드 선수보다 변기에 앉아 있는 나의 활동량이 더 많았을 것이다. 화장실에서 퀴퀴한 냄새가 진동하더니 요란하게 양치하는 소리가 났다. 하비가 참지 못하고 밖에서 연초를 한 대 피우고 온 듯하다. 그때 경호원이 들어와 말했다.

"공연 시작했는데 둘 다 여기서 뭐 해?"

남자 둘이 화장실에 들어가 감감무소식이니 수상할 만

도 했다. 이미 호르헤는 무대 위에 있었다.

"오늘의 특별 게스트입니다. 김붕순!!!"

대본으로 꽉 차 있는 머릿속에 소개 멘트가 들어올 여유 공간은 없었다.

"……… 나?"

"여기 그런 이름을 갖고 있을 것 같은 사람이 너 말고 또 있냐?"

사람들은 가볍게 웃었고 나는 무대로 올라갔다. 자신 있는 농담으로 시작했다.

"난 스페인어를 잘 못하지만 여러분은 충분히 이해할 수 있을 거예요. 라호이를 총리로 뽑은 분들이니까요."

당시 총리 라호이는 발음이 안 좋다는 말이 있었다. 바 사람들이 사랑하는 농담 중 하나였는데 그들에게는 아니었다. 아무런 리액션이 없었다. 차라리 한국어로 떠들어도 이것보다는 반응이 있었을 것이다. 이마와 등이 땀을 토해내기 시작했고 그 후로는 기억이 없다. 정신을 차렸을 때는 하비가 입에서 연기를 뿜어내고 있었다. 호르헤는 내 무대 영상을 보며, 좀 사는 사람들은 총리 까는 걸 좋아하지 않는다는 코멘트를 해주었다. 진작 알려주지.

"그래도 처음치곤 잘했어. 세 달 후에 또 하니까 연습해서 복수하자."

호르헤는 천사인가. 위로 겸 '처음치곤 잘했어'까지는 말할 수 있다 쳐도 그다음에 올 말로는 '이제 무대 그만 올라가자'가 어울렸다. 명백하게 그의 공연을 망쳤기 때문이다. 그런데 기회를 한 번 더 준다고? 심지어 날을 잡아 코미디 수업까지 해주겠다고 했다. 성의는 고마웠지만 나는 한국에 돌아가야 할 때가 되었다고 말했다.

"그래, 잘 가. 대한민국 최초로 베르나베우 공연을 망친 코미디언." 이 자식이. 고맙다는 말 취소.

# 미키 마우스 일당과 햄버거와 축의금

집에서 20분이면 관광객이 득실거리는 마드리드 솔 광장에 갈 수 있었다. 사람들은 곰 동상 앞에서 사진작가가 되더니 돌연 모범생이 되어 역사 수업을 들었다. “저 동상은 카를로스 3세예요.” “1967년에 세워진 이 곰 동상의 뒤꿈치를 만지면 행운이 생겨요.” 가이드들이 같은 대본을 공유하는지, 귀동냥만으로도 외워버릴 정도였다.

광장에서 제일 재미있는 볼거리는 미키 마우스 탈을 쓴 일당이었다. 그들의 수법은 항상 같았다. 앙증맞은 춤을 추며 아이를 유혹한다. 품으로 달려온 아이와 사진을 찍는다. 아이의 부모에게 돈을 요구한다. 매일 동일한 수법이지만 오가는 사람이 항상 바뀌니 성공률은 90퍼센트에 달한다. 가끔 반항하는 부모도 있기는 하다. 너희가 먼저 사진을 찍자 했으면서 왜 돈을 받느냐고 따지는 것이다.

그럼 미키 마우스는 갑자기 탈을 벗어버리며 전투 태세에 돌입한다. 주변에서 일하던 구피와 도널드 덕까지 합류한다. 디즈니 동산 친구들의 상반신은 절단되어 바닥에 뒹굴고 오동통한 하체에서 주름진 아저씨가 자라나 욕을 퍼붓는다. 동심이 깨진 아이는 울음을 터트리고 당황한 부모는 돈을 주며 사태는 일단락된다. 하지만 가끔 그 싸움에서 승리하는 10퍼센트의 집단이 있었으니 바로 대한민국 사람들이었다.

나는 그 강한 민족이 나타나면 슬금슬금 자리를 피했다. 처음에는 외로운 나머지 대화라도 하고 싶어서 근처에 얼씬거렸다. 그러다 한번 한국인 단체 관광객에게 잘못 걸려 길라잡이에 짐꾼 노릇까지 한 이후로 그들을 멀리하게 되었다. 초반에는 한국인을 잘 피했는데 시간이 지날수록 일본인, 중국인과 구분이 안 가 피하기 어려웠다. 타지에 머물다 보니 동족을 구분하는 능력이 떨어진 것이다. 그 후로는 그냥 등산복 입은 남자 동양인, 동그란 갈색 선글

라스 낀 여자 동양인은 무조건 피했다.

그러나 경찰은 피할 수 없었다. 이들 눈에는 내가 여행객이 아닌 불법체류자로 보였는지 종종 검문에 걸렸다. 처음에는 당황했지만 비자를 보여주면 그만이었다.

이 정신 없는 광장에 자주 온 것은 버거킹 때문이었다. 그곳에는 단돈 1유로짜리 햄버거가 있었다. 메뉴판에 없는 버거인데 암구호처럼 카운터에서 “1유로 햄버거”라고 말하면 “닭? 소?”라는 대답이 돌아왔다. 싼 가격 탓에 이 햄버거는 주로 학생이나 집시가 즐겼다. 돈으로 행복은 살 수 없어도 햄버거는 살 수 있었다.

그런데 그럴 돈마저 사라지고 있었다. 가진 돈으로 지금까지 버틴 것도 벅찼는데 앞으로 세 달을 더 있어야 했다. 햄버거를 빵, 패티, 야채로 삼등분해서 아침 점심 저녁으로 먹으면 가능할 수도 있었지만 그러기에는 90킬로그램짜리 몸뚱어리에게 너무 미안했다. 삼 개월 뒤에 베르나베우 레스토랑 손님에게 복수하기 위해서는 돈을 벌어야 했다. 광장에서 귀동냥으로 배운 거로 가이드를 해볼까? 가이드 회사에 연락했다. 무보수로 삼 개월 동안 경력을 쌓으란다. 저 그 전에 굶어 죽어요.

광장에서 미키 마우스 탈을 쓸까? 그들에게 나도 같이 일하고 싶다고 하니 바로 상반신 탈을 벗어 던지고 욕을 퍼부었다. 중국 사람이 상권을 지배한 탓에 이런 일밖에 못 한다고 생각하는데, 그 일마저 빼앗으려고 하니 화가 날 만했다. 자국민도 일자리가 없어서 허덕이는데 내가 일할 자리가 있을까. 처지를 가엽게 여긴 알고리즘이 비트코인과 온라인 도박 광고를 노출시켰다. 한 푼이라도 있었다면 베팅을 해봤겠지만 감사하게도 그럴 돈조차 없었다. 잠깐, 이게 감사한 건가?

페루에 있을 때 전산상의 문제로 월급이 들어오지 않아 수중에 3솔밖에 없을 때는 카지노에서 베팅을 했었다. 그 돈이면 손가락으로 집어 먹는 요깃거리밖에 먹지 못하고 6솔은 되어야 수저를 이용한 요리를 먹을 수 있었다. 그래서 카지노로 들어가 한 방에 전 재산을 걸었고 결국 손가락을 빨아 먹었다.

나이를 서른한 개나 먹었지만 배가 고팠다. 대학 졸업하고 한 번도 연락이 없던 후배에게 밥 먹으러 오라는 연락이 왔다.

"형, 저 결혼해요."

내가 외국에 있는 것도 몰랐다. 참석할 수 없으면 축의금만 달라며 계좌번호를 보내는 놈이 미웠다. 지금 내 사정은 알고 계좌번호를 보내는 건가? 그리고 미안했다. 축하해 줄 상황이 아니라 못 내는 건데 내가 왜 미안함을 느끼는 거지? 축하를 전하는 축의금이 어느새 의무적으로 내야 하는 돈이 된 게 새삼 짜증 났다. 형편이 안 되어 입금은 못 하지만 결혼을 진심으로 축하한다는 문자를 보내니 답장조차 오지 않았다.

결혼 축의금으로 지인 리스트에서 나를 제하는 인간까지 신경 쓸 겨를이 없었다. 내가 신경 써야 할 것은 당장 내일 먹을 음식이었다. 도전에는 헝그리 정신이 있어야 한다지만 정신이 있기에는 너무 헝그리했다.

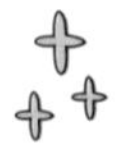

## 웃통을 까자
## 할아버지 학생이 찾아왔다

빈털터리인 것을 파악한 알고리즘은 다음으로 한국어 과외 사이트를 소개해 주었다. 자신의 프로필을 올려놓고 과외받을 학생을 구하는 곳이었는데, 이미 많은 한국 유학생이 점령하고 있었다. 가격도 다른 언어보다 10유로 저렴한 15유로에서 시작해 스크롤을 내릴 때마다 14, 13, 12, 11, 10… 이런 시급으로는 학생 여섯 명을 구해도 집세밖에 낼 수 없었지만, 스펙이 빵빵한 유학생을 이기려고 어쩔 수 없이 사이트에 최저 가격으로 등록했다.

삼 일 동안 아무도 연락을 안 해 1유로를 더 깎고도 나흘째 깜깜무소식. 사이트를 다시 관찰했다. 평점이 좋은 선생들의 프로필은 한 가지 공통점이 있었다. 바로 특징 있는 사진. 노량진 학원 강사 특유의 포즈인 한 손 주먹을 들고 입만 웃는 미소를 지으며 전문가 포스를 풍기는 남자, 한복을 입고 가야금을 켜며 인간문화재 같은 자태를 뽐내는 여자, 광화문 세종대왕 동상을 배경으로 한국 유학파임을 강조하는 현지인까지.

그들의 수업료는 20유로를 웃돌았지만 후기가 많았다. 어차피 취미로 한국어를 배우려는 사람들이 대상이니 스펙보다 사진으로 어필하는 게 먹히는 듯했다. 나는 섹스어필을 하기로 했다. 기존의 증명사진 대신 상의를 탈의한 채 섹시하게 웃고 있는 사진으로 바꾸었다. 인스타그램 아이디도 남겼다. 주로 운동하는 영상이 있었기에 얼마나 정력이 넘치는 사람인지 보여주고 싶었다. 몸값도 세 배 올렸다. 성인 요금은 비싼 법이니까.

"당신에게 한국어를 배우고 싶어요."

전략이 통했다. 프로필을 변경한 지 하루 만에 한 할아버지에게 연락이 왔다. 나름 섹스 어필을 한다고 했는데 손자 재롱처럼 보였나? 사진 속 모습이 순수해 보여서 연락했다고 하니 연륜 앞에서 나는 아직 애송이였다.

2년 동안 한글을 독학한 할아버지의 공부량은 상당했다. 연필로 빼곡하게 필기한 공책이 다섯 권이나 있었고 가구마다 붙어 있는 포스트잇에는 한글로 각 명칭이 적혀 있었다.

"식탁", "의자", "변기"…. 티브이 앞에서 웃음을 터트린 나에게 할아버지가 말했다.

"텔레비전은 영어잖아. 그대로 적기 싫어서 한글 명칭은 없나 찾아보니 '바보상자'가 나오더라고. 별명 참 잘 지었어."

한글을 배우는 데 열정 넘치는 할아버지의 꿈은 자신이 좋아하는 스타와 한국어로 대화하는 것이었다.

"만나서 반갑습니다. 저는 리도입니다. 에이핑크 사랑해요. 미스터 츄~."

나는 생전 의문을 가져보지도 못한 질문에 당황하기도 했다.

"왜 열 시 십 분이야? 십 시 십 분이나 열 시 열 분이 아니라?"

"나는 밥을 먹었다. 내가 밥을 먹었다. 나는 밥은 먹었다. 내가 밥은 먹었다. 나는 밥만 먹었다. 내가 밥만 먹었다.

나만 밥을 먹었다. 나만 밥은 먹었다. 나만 밥만 먹었다. 차이가 뭐야?"

질문 세례 때문에 내가 밥을 못 먹었다. 호기심을 해결해 주려고, 30년 동안 사용한 모국어를 가나다라부터 다시 공부했다. 한국어를 하는 것과 가르치는 것은 게임 하는 것과 만드는 것의 차이만큼 컸다. 어느새 가르치는 요령이 생기고 신기하게도 그 소문이 우주에 닿았는지 많은 사람에게 연락이 왔다. 초반에는 연락만 주면 '감사합니다' 대환영이었는데 갈수록 '죄송합니다' 거절할 수 있는 입장이 되었다. 거르고 걸러 거리가 가깝고 열정이 있고 에누리 시도를 안 한 학생 두 명만 더 받았다.

한 학생은 영화 시나리오 작가로 활동하고 있는 중국인이었는데, 스페인에서 중국인에게 영어로 한국어를 가르쳤다. 다른 학생은 한글 모양이 아름다워 배우고 싶어 한 브라질 출신의 영어 선생님이었다. 이 특색 있는 세 학생 덕분에 버거킹에 가서 꼭 해보고 싶던 걸 할 수 있게 되었다. 메뉴판을 가리키며 "저거 주세요".

경제적으로 안정이 오기까지 심리적으로 굉장히 불안정했다. 처음에는 자국민도 취업을 못 하는 형편에 내가 일을 구할 수 있을까 하는 근심이 일 못 구하면 당장 다음 주부터 노숙하며 굶어야 한다는 공포로 변하더니, 나중에는 외국인이라는 이유로 복지 혜택을 받지 못하는 현실에 불만을 가졌다. 시시각각 번갈아 찾아오는 근심과 공포와 불만이 나를 움직이게 만들었다.

이 일련의 심리 변화를 경험하며 일할 수 있음의 감사함을 알게 되었다. 돈도 돈이지만 이런 경험은 그 자체만으로 큰 자산이 되었다. 이 글을 쓰는 지금도 마감 날짜를 지킬 수 있을까 근심하며 위약금을 물면 어쩌나 공포를 느끼고 1년 전 출판사의 제안을 수락한 나에게 불만이지만, 결국에는 책으로 나와 읽어줄 당신에게 감사하며 글을 쓰고 있으니까.

## 에이핑크 찐광팬
## 일흔한 살의 한국 사랑

사범대를 다니며 이런저런 학생을 만나봤지만 일흔한 살을 가르쳐본 적은 없었다. 내가 근무했던 학교의 교장 선생님도 그보다 어렸다.

병선 원래 한국에 관심이 있으셨어요?

**리도** 너희 대통령은 알았지, 김정은. 난 군인이었으니까.

병선 김정은은 북한….

**리도** 군악대에서 색소폰을 연주했었어. 은퇴 후 취미로 유튜브에서 다른 나라 음악을 찾곤 했었는데 갑자기 케이팝이 나오더라고. 첫눈에 반했어. 검색해 보니 한국 음악이더라.

병선 그때 처음 들었던 케이팝이 뭐였어요?

**리도** 에이핑크였어. 〈NoNoNo〉, 〈Mr. Chu〉, 〈LUV〉, 〈FIVE〉…. 알아?

병선 아니요. 저보다 잘 아시네요. 뭐가 매력적이었는데요?

**리도** 군대에서 몇십 년 동안 해오던 음악과 너무 다른 타입이었지. 처음에는 음악이 좋았다가 점점 춤도 좋아지더니 한국어 가사까지 아름답게 느껴지더라고.

병선 그래서 한국어 공부를 시작하신 거예요?

**리도** 그렇지. 매일같이 에이핑크 노래를 듣는데 무슨 뜻인지 알고 싶잖아. 계속 듣다가 들리는 단어가 나오면 적어놨다가 뜻을 찾아보기 시작했어. 예를 들어 '어떻게'는 'how'라는 뜻이잖아? 노래 〈MY MY〉에서 '어떻게'라는 가사가 나오니까 알게 된 거야.

병선 우와. 그런 식으로 2년 동안 공부하셨군요.

**리도** 근데 헷갈리는 게 생기더라고. 예를 들어, 배처럼 단어 하나가 3개를 뜻하는 거. 먹는 배, 타는 배, 곱하는 배. 미쳐버리지, 이런 건. 그러다 독학에 한계를 느껴서 너한테 연락한 거야.

병선 하하하. 그런 건 어렵죠. 잘하셨어요.

리도 나이가 꽤 있어서 어려운 것도 있지만 조금씩 공부하는 거지.

병선 나이가 어떻게 되세요?

리도 일흔한 살.

병선 공부에는 나이가 없네요.

리도 공부에는 나이가 있어. 늙어서 느리다니까. 다만 한계가 없는 거지.

병선 와….

리도 잠깐 뭐 사러 나갈 때도 공책을 들고 나가는 거야. 오가는 시간에 한 문장은 충분히 외워. 자동차 여기저기에 한글 스티커를 만들어서 붙여놓는 거야. 운전할 때마다 보니까 저절로 외워지는 거지. 그래서 아는 단어는 엄청 많아. 근데 그걸 활용할 줄을 몰라.

병선 그건 저랑 연습하면 되죠.

리도 안 그래도 한국 여행 가서 실전 연습도 했어. 정말 환상적이었지. 인천공항인가? 비행기에서 내리자마자 그런 느낌을 준 나라는 없었어. 발전한 교통도 그렇고 깨끗한 거리도 그렇고. 도시가 엄청 큰데 길거리에 쓰레기 하나

보이지 않더라니까. 다른 나라와 경쟁할 준비가 잘된 나라라는 인상을 받았어. 사람들도 예의 바르고 친절하게 대해주더라고. 교육을 잘 받은 거지. 가게 주인은 어디를 가든 웃고 있고, 손님인 나는 기분이 좋으니 더 사고 싶어지고. 그래서 갖고 있는 건 다 한국 거야. 텔레비전, 냉장고… 한국 짱이야.

리도의 케이팝 사랑은 한국 사랑까지 이어졌다. 타국에 사는 사람에게 그런 동기를 심어준 에이핑크도 대단했지만 그걸 실천에 옮긴 할아버지도 대단했다. 나보다 나이도 두 배 열정도 두 배인 학생에게 오히려 공부에 한계란 없다는 것을 배웠다.

자신이 좋아하는 일에 무한한 애정을 드러내는 사람 옆에 있으면 나 또한 그러고 싶다는 기분에 사로잡힌다. 그런 기분을 느끼게 해준 리도에게 감사하며 그가 계속해서 케이팝을 사랑하길 바란다.

# 발로 쓴 대본

"〈거짓말〉은 누가 불렀을까요?"

축하합니다. 나처럼 가수 god를 떠올린 당신은 아저씨 아줌마입니다. 우리보다 어린 친구들은 빅뱅, 티아라가 떠올랐을 거고 형님 누님들은 조항조가 더 친숙할 것이다. 질문 하나에 이렇게 다른 생각을 할 수 있는 게 사람이다.

방구석에 처박혀 쓴 대본을 확신할 수 없는 것도 이 때문이다. 아무리 감이 좋아도 각양각색의 사람들이 뭘 좋아하는지 방에서는 알 수가 없다. 그래서 코미디 대본은 손으로 10을 쓰고 발로 90을 쓴다. 이곳저곳을 돌아다니며 다양한 사람들 앞에서 떠들며 최초의 대본이 쓸 만해질 때까지 수정하고 또 수정한다.

그런데 나는 그 10조차 쓸 수 없었다. 다른 문화권에서 30년을 산 나는 현지인과의 공감대는 당연히 없거니와 어설픈 외국어로 쓴 대본이 웃긴지 안 웃긴지는커녕 사람들이 이해할 수 있는 건지조차 몰랐다. 하는 수 없이 발로 100을 썼다. 일단 무대에 올라가서 애드리브에 혀를 맡긴 채 떠들면 저들이 알아서 웃거나 야유를 퍼부었다. 웃긴 것들은 기록하고 아닌 것들은 버렸다. 이 작업을 반복하며 대본을 풍성하게 만들었다. 예를 들면 이것이다. "나 중국인 아니야. 일을 안 하거든. 그러니 스페인 사람이지."

짧은 문장 안에 반전과 풍자가 있어 스페인 사람들이 좋아한 농담 중 하나이다. 이 대본의 시초는 웃길 의도조차 없는 자기소개였다.

"나는 한국인이야. 여기서 일도 안 하고 그냥 놀고 있어."

자기소개만 했는데도 사람들이 폭소를 터트렸다. 스페인에서 처음으로 올라간 무대라 할 게 없어서 한 멘트였다. 무대에서 내려와 어리둥절해하는데 현지 코미디언이 와서 설명을 해주었다. 일 중독자인 중국인이 일을 안 한다는 게 웃기다는 거다. 그 말에 어떻게 해야 할지 감이 왔다. 그 부분을 수정해 다음 무대를 준비했다.

"나보고 중국인이라고 하는데 나 중국인 아냐! 일을 안 하거든."

처음 때보다 더 큰 웃음이 터졌다. 다음 무대에서는 3년 동안 직장을 못 구하고 있는 스페인 친구의 한탄도 추가했다.

"나 중국인 아냐. 일을 안 하거든. 그러니 스페인 사람이지."

관객들은 두 번 연속 자지러졌다. 확신이 선 대본에는 이것저것 추가가 가능하다.

"나 중국인 아냐. 일을 안 하거든. 그러니 스페인 사람이지. 너네 지금 웃냐? 참 좋겠다. 일 없는데 웃고 자빠져 있고. 어쩐지 내일 평일인데 밤늦게 여기 와 있는 이유를 알겠다."

현장에서 코미디 대본을 썼다. 토씨, 톤, 표정 등을 바꾸면 반응이 달랐기에 같은 대본으로도 여러 번 무대에 올랐다. 결국 1분짜리 웃긴 대본을 만드는 데 한 달 정도가 걸렸다. 그런 대본을 벌써 4분짜리를 만들었다. 60분짜리를 만들면 개인 공연을 할 수 있으니 56개월만 더 하면 되었다.

무대에서 관객이 얼마나 킥킥대는지를 보면서 수정한 대본 안에는 그 나라의 문화와 생각 그리고 태도가 고스란히 담겨 있다. 가끔 이렇게 만들어진 대본들을 살펴보면 뿌듯했다. 그래도 내가 다른 사회에 잘 녹아들고 있다는 징표처럼 느껴져서.

# 20유로보다 비싼 10유로

스페인 코미디언은 총 다섯 등급으로 나눌 수 있다.

5등급. 검증된 대본이 없어 오픈 마이크라 불리는, 아무나 올라갈 수 있는 무대에 서는 코미디언. 마이크가 있는 곳이면 어디든 공연을 한다. 코미디언은 보수를 받지 않고 관객 역시 입장료를 내지 않는다.

4등급. 10분짜리 검증된 대본이 있는 코미디언. 관객이 돈을 내고 들어오지만 고스란히 장소 대여료로 나가 무보수로 공연한다. 어쨌든 유료 공연이니 어느 정도 실력이 있어야 한다.

3등급. 30분 정도의 대본이 있는 코미디언. 두 명이 모여 하나의 공연을 하는 경우도 있고, 개인 공연을 하는 코미디언의 바람을 잡아주기도 한다. 여기서부터 페이가 조금씩 생긴다.

2등급. 개인 공연을 하는 코미디언. 혼자 소극장을 꾸리는 경우도 있고 대극장에서 스카우트하는 경우도 있는데, 이 경지부터는 프로로서 코미디로만 먹고살 수 있다.

1등급. 코미디로 부와 명예를 얻은 코미디언. 이 등급은 오직 실력으로만 정해진다.

아마추어 코미디언은 실력을 기르고 또 보여주기 위해 언제 어디서든 공연을 한다. 나도 어떻게 이런 곳에서 공연을 할 수 있을까 싶은, 밥 먹느라 정신없는 식당 구석탱이, 두 명밖에 없는 바, 어두컴컴한 지하 창고 등에서 마이크를 잡았다. 아, 지하 창고에서는 '생목'으로 공연했었지.

무대 장치도 변변치 않은 아마추어 세계에는 돈의 흐름도 존재하지 않는다. 무료로 장소를 제공하는 바에서 코미디언은 무보수로 공연하고 손님은 공짜로 본다. 하지만 모두가 이익을 실현한다. 바 주인은 술을 팔고 코미디언은 대본을 검증하고 관객은 웃는다. 윈, 윈, 윈이다.

바 주인이 코미디언에게 공짜 술을 주면 그것만큼 뿌듯

한 게 없다. 그 술은 손님을 웃겼다는 명백한 증거이기 때문이다. 그런 날은 공연이 끝나면 코미디언, 손님, 주인이 한데 어우러져 술판을 벌인다. 일종의 실력 있는 코미디언 탄생을 자축하는 파티인 셈이다.

아마추어 코미디언끼리 대회도 연다. 상금은 존재하지 않는다. 그저 서로의 실력을 겨뤄보기 위한 것이다. 그러나 대체로 참가자의 지인으로 객석이 꾸려지고 아는 사이만 웃어주는 수준 낮은 정치판이 되는 경우가 허다하다. 나는 지인도, 우승할 자신도 없었기에 그저 그 엿 같은 상황을 까버렸다.

"누가 누가 친구 많나 대회라고 알려주지. 난 코미디 대회인 줄 알았잖아."

시비를 걸었을 뿐인데, 주최자인 바 주인이 특별상으로 요리를 해줘 오랜만에 가격이 유로 두 자릿수인 음식을 먹을 수 있었다. 한번은 에베 바에 한 코미디언이 개와 함께 무대에 올라갔다. 개가 무대를 꾸미는 건 난생처음 보는 광경이라 내 차례가 왔을 때 애드리브를 쳤다.

"아까 무대에 올라왔던 개 참 맛있… 아니 멋있더라. 오해하지 마! 난 개 안 먹어. 먹음 고양일 먹지. 더 부드럽다고 하더라, 한 동물 병원 의사가."

나는 사실이 아닌 편견에 과장을 더해 비꼬는 농담을 좋아한다. 개 주인 미겔 역시 그 농담을 좋아했다. 얼마나 마음에 들었으면 처음 본 나에게 자기 공연의 바람을 잡아 달라는 제안까지 했다. 툭 던진 개드립으로 캐스팅이 될 줄이야! 미겔의 개를 쓰다듬으며 흔쾌히 승낙했다.

미겔에게 공연비로 10유로를 받았다. 잘 던진 농담 하나로 5등급이었던 내가 두 등급을 건너뛰었다. 한 시간 과외해서 버는 금액의 절반 가격이었지만 무대로 번 돈은 큰 의미로 다가왔다. 누군가 나의 가치를 인정했다는 증거였고 언젠가는 코미디로 먹고살 수 있다는 희망이었기에.

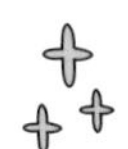

# 희망을 준
# 복수

90일 만에 만난 경호원은 나를 잊지 않았다. “오랜만이다! 이번엔 식사하러 왔구나?”라는 말에 “다시 무대 올라가려고”라고 대답했다. 레스토랑은 여전히 고급스러웠지만 손님들 반응은 한없이 천진난만해졌다.

“나는 한국 사람인데, 북한인지 남한인지는… 너희들 반응 보고 알려줄게.”

반말로 콧대가 높은 양반들을 기선 제압했다. 그러자 벌벌 떨며 저자세로 나갈 때는 웃지 않던 사람들이 웃음을 그치지 않았다. 애드리브를 칠 여유도 생겼다.

“모두가 날 보고 웃는데 왜 너만 안 웃어? 내가 바르셀로나 사람도 아니고 말야."

지난 삼 개월을 응축한 10분짜리 대본을 빠짐없이 내뱉었다.

"반응 좋네. 그래, 나 남한 사람이다! 아디오스!"

지난번 악수조차 하지 않았던 지배인이 다가와 사진을 요청했다. 봤냐, 베일아! 너만 베르나베우에서 박수갈채를 받는 게 아니다. 그날의 영상을 인스타그램에 올리니 여기저기서 디엠이 왔다. 당시에 취업 비자를 준다는 말에 학원에서도 일하고 있었는데 그곳에서 특히 더 놀란 눈치였다.

수업 중에 가끔 우스갯소리나 하는 동양인쯤으로 여겼지, 마이크를 잡고 코미디 하는 사람일 줄은 몰랐기에. 예전부터 코미디에 도전해 보라던 원장은 배신당한 듯 나를 쳐다보았다.

동시에 누가 퍼트렸는지 〈개콘〉에서 활동하던 영상이 학원에 퍼져 일약 스타덤에 오르지는 못했다. 개 탈을 쓰고 멍멍 짖어대는 영상이라 학생들이 많이, 아주 많이 놀릴 뿐이었다. 원장은 곧 있을 행사 엠시를 봐달라고 했다. 삼 개월간의 무대 노하우가 담긴 진행 실력에 처음 말한

액수의 두 배를 보수로 받았다. 마이크로는 처음으로 유로 세 자릿수의 돈을 받았다.

더 자랑을 하자면 광고도 찍었다. 아시아 모델을 찾고 있던 유럽의 한 가정용품 회사에서 나의 세미누드 프로필을 보고는 연락을 한 것이다. 파라과이, 중국, 네덜란드 등 세계 각국의 사람들과 놀고 먹으면 촬영감독이 알아서 스틸 컷을 찍는 것이었다. 마음껏 놀고 먹고 배역을 하나 더 따냈다. 결과적으로 또 계약 당시보다 두 배 많은 금액을 벌었다.

톨레도의 라디오에서도 연락이 왔다. 출연료는 따로 없었지만 교통비와 호텔 숙박비까지 제공해 주었다. 생애 첫 5성급 호텔을 경험하며 한국에서는 단체 게스트조차도 출연해 본 적 없는 라디오를 스페인에서 한 시간이나 진행자와 독대했다.

이런 경험들은 어마어마한 희망이었다. 지금처럼 대본 쓰고 무대에 오르다 보면 언젠가는 스페인에서 한국인 스타가 될 수 있다는 희망. 복수를 위해 귀국을 삼 개월 연기했으니 이제는 성공을 위해 3년 더 연기할 차례였다.

3부

# "농담 같은 인생 사이클"

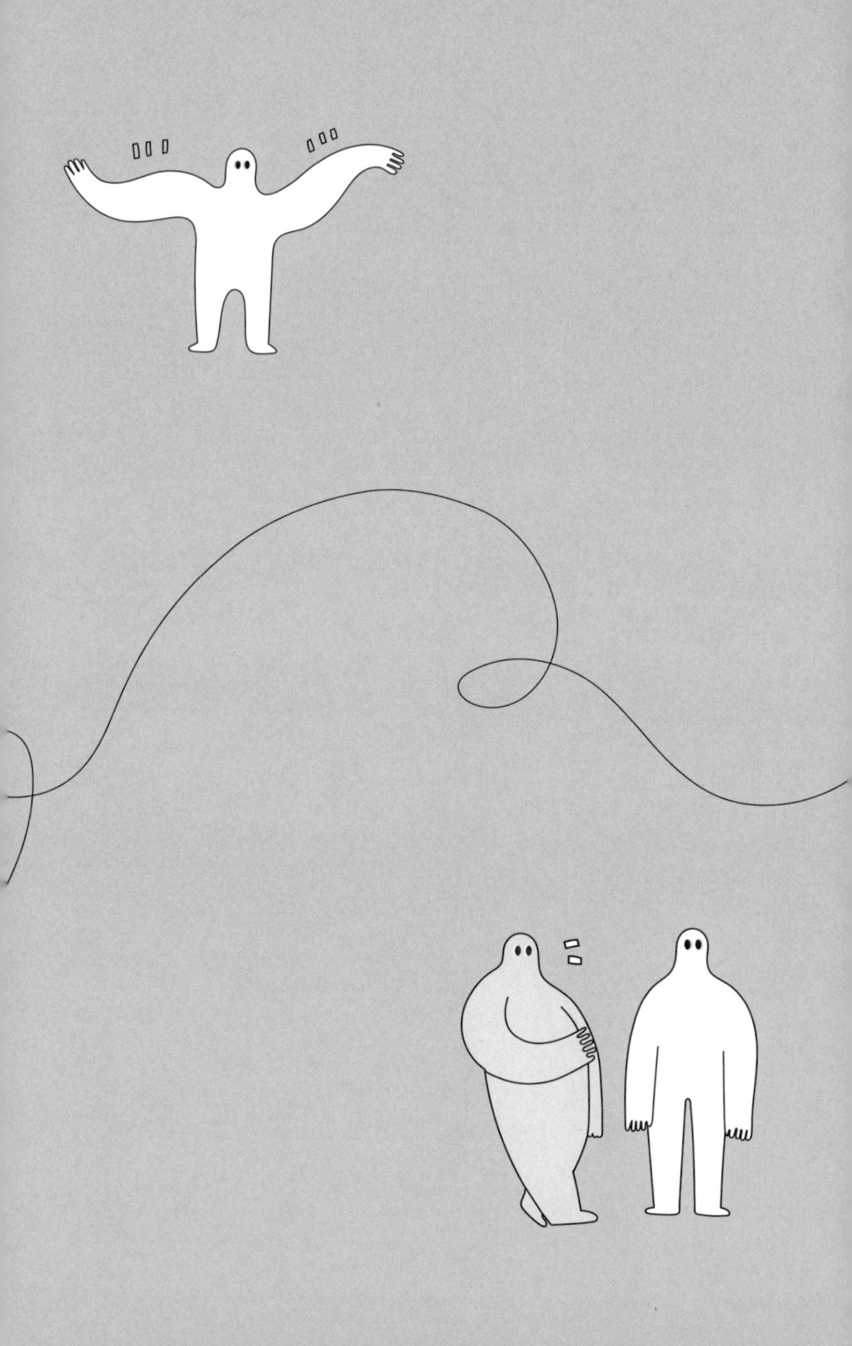

# 물 들어올 때 빼앗긴 노

대학 시절 각 학교 대표 2백 명이 모여 일주일 동안 합숙 세미나를 한 적이 있다. 열정이 대단했다. 발표 대회를 하는데 피피티가 디즈니 애니메이션 수준이었다. 그런데 흰 바탕에 맑은고딕체뿐인 내 피피티가 1등을 했다. 장기 자랑에서는 춤추고 노래하며 종합예술을 하는 팀을 제치고 차렷 자세로 세미나 교수를 흉내 내 1등을 했다. 경품 추첨에서도 1등이 당첨되어 디지털카메라를 받았다. 그 흐름은 세미나가 끝나고도 이어져 기대 안 하고 신청한 국가 장학금에서 전액을 주더니 결국 개그맨까지 합격시켰다.

바로 4년짜리 안 좋은 흐름으로 바뀌었지만 여하튼 좋

든 나쁘든 인생이 흐름을 한번 타면 제 스스로 노를 젓는다는 것을 그때 알았다. 드디어 스페인에서도 좋은 흐름을 타기 시작했다. 이번에는 방송사에서 연락이 왔다.

"주변 코미디언들의 추천을 받아 연락했습니다. 한번 출연해 주세요."

드디어 대양으로 뻗어나갈 흐름의 입구인 미디어에 노출되는구나. 바로 "네, 네!"를 외쳤다. 그러나 약간의 문제가 있었다.

"사회 번호 있어요?"

"그게 뭐예요?"

"일하려면 있어야 하는 번호인데 무슨 비자예요?"

"학생 비자요."

"그 비자로는 우리랑 일 못 해요."

비자에 대해 잘 알지 못했다. 페루에서 2년 넘게 살았지만 군인 신분이었기에 나라에서 알아서 해주었다. 이번에도 스페인으로 같이 온 팀이 비자를 해주었기 때문에 알 턱이 없었다.

"돈 안 받아도 돼요. 경험으로 해보고 싶어요."

"안 돼요. 그럼 불법이에요."

단호한 태도가 더 프로처럼 느껴졌다. 이대로 기회를 놓칠 수는 없었다. 일하고 있던 학원으로 달려가 취업 비자를 요구했다. 그러나 대답은 "노". 학원 입장에서 일을 원하는 한국인이 널려 있었기에 번거롭게 취업 비자를 만들어줄 이유가 없었다. 동거 비자라는 것이 있어 전 여자친구와 다시 만날 생각까지 했다가 접었다. 인스타그램에서 나보다 30센티미터는 큰 네덜란드 남자와 찍은 사진을 봐서 그런 건 아니다.

호르헤는 자기가 소유한 이벤트 업체에 위장 취업을 하라고 하고, 하비는 불법체류를 3년 하면 후에 취업 비자로 바꿔준다는 정보(?)를 알려주었다. 훗날 스타가 될 나의 발목을 잡을 꼼수들이었다. 정면 승부를 하기 위해 대사관으로 향했다. 대사관 직원이 차기 슈퍼스타의 가치를 알아봤는지 친절하게 설명해 주었다.

"취업 비자는 그다음이고 우선 현재 지닌 비자부터 연장해야겠는데요?"

일 개월밖에 남지 않은 비자를 우선 연장하기로 했다. 비자 연장 서류, 은행잔고 증명서, 현지 보험증서, 학원 수료증 등 필요한 서류를 준비해 다시 찾아갔다.

"학원 수료증을 보니 출석을 한 번밖에 안 하셨네요?"

있는 그대로 말했다.

"네! 한 번 갔다가 레벨이 안 맞아서 안 다녔어요."

솔직하고 당당한 내 모습이 스스로 멋있다고 생각했다. 스페인에서 스타가 될 사람이 정부를 속이면 되겠어? 스페인아, 나를 붙잡으렴. 그러나 직원의 생각은 달랐다.

"학생 비자를 갖고 학생 본분인 공부를 하지 않은 건 옳지 않은 행동입니다. 연장 불가입니다."

친절하던 직원의 태도가 급변했다. 한번 잘못 둔 자충수로 갑자기 흐름이 바뀌더니 반대 방향으로 거침없이 노를 젓기 시작했다.

"서류는 압수입니다. 앞으로 5년간 어떤 종류의 비자도 발급받지 못할 수 있어요."

이제 막 흐름을 타기 시작했는데 끝이라니. 물이 들어오는데 저을 노를 빼앗겼다. 영화에는 발단-전개-위기-절정이란 게 있는데, 이놈의 인생은 왜 맨날 발단-전개-위기-전개-위기-전개-위기만 반복하는지. 이번에 방송만 찍었어도 대박 났을 텐데, 괜히 희망 고문이나 당했잖아. 이때다 싶어 다시 우울이 찾아왔다. 동시에 마음 한쪽에서는 방어기제로 합리화 작업을 시도했다.

이 정도면 잘했어. 외국에서 무대도 서고 라디오도 나가고 광고도 찍었잖아. 아무나 할 수 있는 거 아니야. 포기한 게 아니라 어쩔 수 없는 상황 때문에 그만두는 거잖아. 솔직히 흐름 좋다는 것도 내 생각이고 방송에 나간다고 성공이 보장되는 것도 아니잖아. 차라리 비자 연장 실패한 게 좋은 핑곗거리일지도 몰라.

결과적으로 나를 갖고 논 스페인을 당장 탈출하고 싶었다. 그러나 금전적으로는 물론 정신적으로 힘이 되어준 학생들을 갑자기 버릴 수는 없었다. 그들과의 수업을 정리하며 정말 '지랄' 같은 마지막 한 달을 보냈다. 이 나쁜 놈의 시간은 인생이 안 좋게 흘러갈 때면 꼭 자기도 덩달아 느리게 움직인다. 잠을 자서 시간을 건너뛰는 것도 못 하게 불면증까지 준다. 고된 삶을 잠시 잊을 수 있는 탈출구를 빼앗긴 나는 다른 탈출구를 찾았다.

여행을 계획했다. 무계획 여행을 좋아하지만 계획 자체가 주는 설렘으로라도 괴로운 시간을 메꿔야 했다. 이번에 쫓겨나면 다시는 스페인 쪽에 올 일이 없을 테니 유럽 일주를 하기로 했다. 결국 탈출 날이 왔다. 다음 날 아침 8시

비행기인데 빨리 떠나고 싶은 마음에 전날 저녁 8시에 공항으로 갔다. 하비와 호르헤가 배웅을 나왔다. 항상 다음에 보자고 인사하던 친구들에게 작별 인사를 했다.

"잘 있어."

그들은 덤덤하게 말했다.

"다음에 봐."

매일 들었던 그 인사가 그날은 유독 고마웠다. 마지막일지도 모를 친구들과 포옹을 나누었다. 친구들 품에 꼭 안기니 성공의 기준을 좀 다르게 세워도 되겠다는 생각이 들었다. 도전에 실패한 게 어떠냐고, 이방인을 배웅하러 공항까지 와준 친구들이 있는데.

# 꼴도 보기 싫은 에펠탑

유럽 일주는 내 생애 최악의 여행이었다. 로마, 런던, 파리 어디를 가든 전 세계 커플이 사랑을 뽐냈다. 다른 곳은 그런대로 참을 수 있었다 치고 에펠탑만은 가지 말걸. 혼자 타이머를 맞춰놓고 송전탑과 사진을 찍으면 꼭 뒤에 웨딩 촬영을 하는 신혼부부가 박혀 있었다. 누군가에게는 행복한 미래를 위한 출발지가 나에게는 실패해서 오게 된 막다른 골목이라니.

씁쓸함을 느끼며 마트에서 산 닭 다리를 뜯다가 바지에 양념을 흘렸다. 후라이드인데 양념? 바지를 보니 새똥이었다. 닭아, 친구가 너 대신 복수도 해주는구나. 가방에서 휴지를 꺼내 바지를 대충 닦고 옆에 놔둔 음료수를 마시려는데 음료수가 사라지고 없었다. 주변에서 어슬렁거리던 잡상인도 사라지고 없었다. 내 편은 아무도 없었다.

얼마나 외로웠으면 2년 전에 헤어진 전전 여자 친구에게 연락했을까. 미친놈이냐는 답장이 돌아왔다. 한국에 있는 친구에게도 연락했다. 지랄한다는 답장이 돌아왔다.

그런 내가 불쌍해 보였는지 친구가 되어준 녀석이 있었다. 그는 애정 표현이 격렬했다. 온몸 구석구석 목덜미를 지나 얼굴 한쪽 뺨까지 빨갛고 둥그런 자국들을 만들어주었다. 온몸이 간지러워 긁은 탓에 이곳저곳 피가 나 약국에 갔는데 약사가 병원은 옆 건물이라며 비명을 질렀다. 애초에 병원에 갈 돈이 있었으면 베드버그가 우글거리는 값싼 호스텔에서 지내지도 않았을 것이다.

할 수 있는 방법이라고는 어디 숨어 스토킹을 하는지 알 수 없는 그놈을 죽이기 위해 뜨거운 물로 소지품을 다 빠는 것밖에 없었다. 세탁기가 없어 화장실 구석에서 손빨래를 하는데 호스텔 주인이 나타나 내가 벌레를 옮겨 왔다며 쫓아냈다. 악몽 같은 유럽 여행이었다. 여행은 장소가 아니라 마음으로 하는 거라는 말을 들은 적이 있다. 정확

했다. 로마의 콜로세움은 한낱 부실 건물로 보였고 파리의 센강도 그저 똥물이 흐르는 도랑으로 보였다.

이때 다시 확인할 수 있었다. 나라는 놈은 힘들 때 여유를 부리기보다는 바빠야 한다는 것을. 가만히 서서 경치를 바라보거나 조용한 곳에서 커피를 마시면 부정적인 생각이 쏟아졌다. 여행지에서 그 생각을 막을 수 있는 방법은 몸을 계속 움직이는 것뿐이었고 나는 하루 평균 열두 시간씩 걸어 다녔다.

그때 결심했다. 한국에 돌아가면 닥치는 대로 일을 하겠다고, 한때의 도전은 아름다운 추억으로 만족하며 평범하게 살아가겠다고.

# 아등바등의 결과

한국이 이렇게 환상적인 곳일 줄이야. 지하철 화장실도 공짜, 길거리 와이파이도 공짜, 심지어 식당에서는 반찬이랑 물도 공짜. 거저 주는 것도 이렇게 많은데 돈벌이도 수두룩하다. 편의점, 배달, 막일 등 마음만 먹으면 당장 그 순간부터 일을 할 수 있다.

그러고 보면 한국의 실업률은 가짜이다. 일자리는 널렸는데 알바와 일용직은 직업이 아니라고 여기는 것뿐. 실제 일거리가 존재하지 않는 스페인에 다녀와 봐야 진짜 실업 문제가 뭔지 안다. 벨렌은 인터넷으로는 물론 직접 이력서를 들고 다니며 일을 구했다. 그러다 가정부 일을 얻었을 때는 대기업에 취직한 것처럼 좋아했다. 그런 스페인에서 일할 수 있음의 소중함을 배웠기에 나는 어떤 일이든 감사하게 할 자신이 있었다. 게다가 번 돈을 언제 어디서나 쓸 수 있고 돈만 내면 왕처럼 대해주는 한국. 왜 이 좋은 곳을 버리고 타국에 갔을까? 불과 1년 전만 해도 시궁창인 줄 알았던 곳이 천국처럼 느껴졌다.

그런데 이 달달한 곳에 사는 사람들 표정에는 웃음기가 없었다. 거리에서는 빨리빨리 걷고 식당에서는 허겁지겁 먹더니 지하철에서는 잠들었다. 그들도 나처럼 가만히 있으면 마음이 시도 때도 없이 부정적인 생각을 해대는 탓에 바삐 움직여 그 생각에서 벗어나려는 것일까. 제아무리 여기가 천국이라도 그들처럼 움직이지 않으면 나쁜 생각에 사로잡혀 내 삶도 다시 지옥이 될 거야. 한국에 도착한 지 삼 일 만에 일을 시작했다.

첫 번째 일은 치킨 배달. 주방에서 치킨을 받고 오토바이를 타고 가서 손님에게 전달하면 되었다. 지인 두 명이 오토바이 사고를 크게 당한 일이 있어 절대 오토바이를 타지 않겠다고 스스로 약속했으나 사고를 당해 죽나 돈 없어 굶어 죽나, 죽는 건 매한가지였기에 약속을 파기했다. 오토바이는 평생 이동 수단이었던 자전거보다 빠르고 편하고 재밌었다. 얼마나 재미있으면 몇몇 배달하는 애들이 도로에서 그따위로 곡예 운전을 하는지 이해가 갔다. 계속 분주하게 움직이는 탓에 잡생각도 안 났다. 배달하는 곳에는 항상 새로운 사람이 등장해 말동무도 해주었다.

"맛있게 드세요."

"감사합니다."

치킨을 받는 이들의 표정은 하나같이 상기되어 있었다. 밖에서 감추고 있던 웃음기를 치킨 받을 때 폭발시키는 듯했다. 농담보다 치킨이 사람을 웃기는 더 확실한 방법이었다. 치킨 배달을 하며 평생 살아도 괜찮을 것 같았다. 알바를 시작한 지 두 시간까지는. 시간이 지나자 이해 안 되는 빌런들이 등장했다.

"맛있게 드세…." 쿵! 인사를 마치기도 전에 치킨을 낚아채더니 문을 닫는 사람. "배달이오~." "앞에 두고 가시라고요!" 괜히 화나 있는 사람. 어느새 입을 다물고 손가락만 똑똑 움직였다. 똑같은 길만 왔다 갔다 하니 오토바이도 지겨워졌다. 단순한 반복이 익숙해지니 쓸데없는 생각들이 스멀스멀 새어 나왔다. 알바가 직장이라고? 나이 서른둘 먹고 그게 맞다고 생각하니? 배달로는 부정적인 생각을 차단할 수 없다는 결론을 내리고 다른 일로 옮겨 갔다.

두 번째 일은 치킨집 카운터. 평소에는 주문을 받다가 닭이 튀겨져 나오면 붓으로 양념을 슥슥 바르는 멀티플레이어 같은 직업이다. 하는 역할이 많아 말 그대로 정신없이 움직여야 했다. 다섯 마리 정도 양념을 발랐을 때 붓보다는 통을 이용하는 게 효율적일 것 같았다.

"사장님. 일일이 양념을 바르는 것보다 통에 치킨이랑 같이 넣고 흔들면 어때요? 이렇게요."

양념이 잘 발라졌다. 하지만 사장은 단호했다.

"안 돼."

사장은 이미 기존 방식으로도 할 수 있는 일에 굳이 변화를 줬다가 발생할 리스크를 감당할 이유가 없었다. 생각보다 노동력이 필요한 곳이었다. 기계도 생각하는 마당에 생각 없이 살 거야? 좀 더 복잡한 일을 할 수 있는 직업이 필요했다.

세 번째 일은 와플 가게 아르바이트. 20개가 넘는 메뉴를 숙지하고 다양한 고객의 요구에 따라 와플을 만드는 것은 복잡했다. 그러나 이것도 정해진 매뉴얼이 있는 일이니

반나절만에 익숙해졌다. 나쁜 생각이 또 스멀스멀 기어 나올 낌새를 보여 새로운 와플을 제조해 보았다. 그때 가게 주인 왈.

"설거지나 해."

이곳에 필요한 건 신메뉴보다 설거지였다. 퐁퐁에 씻겨 내려가는 크림처럼 부정적인 생각들도 깔끔하게 닦였으면…. 일을 구하고 그만두고를 반복하다 보니 일할 수 있는 상황에 대한 감사함은 사라졌다. 머릿속 한쪽에서는 임용고시를 다시 해볼까 하는 생각이 슬금슬금 올라왔다. 결국 돌고 돌아 2년 전과 똑같은 고민을 하는 꼴이라니.

# 예순 살에 짊어진
# 서른 살짜리 짐

쳇바퀴 도는 아들이 한심할 법도 한데 아빠는 여전히 나를 응원했다.

"우리 세계의 주역, 인생은 오르막도 있고 내리막도 있는 거야."

아빠는 2007년부터 나를 세계의 주역이라 불렀다. 한국 최고의 대학이라 불리는 곳에 들어간 것도 장한데 입학장학금까지 받았으니 아빠 눈에는 아들이 세계 제일이었을 것이다. 당시 나도 들뜬 마음에 포부 있게 부모님에게 편지를 썼다.

"부모님 보셨죠? 이 아들이 세계의 주역으로서 자질이

충분하단 걸? 다 두 분의 보살핌 덕분입니다. 고생 많으셨습니다. 그러나! 10년만 더 고생해 주세요. 현실적으로 지금 당장 보살펴 드릴 수는 없습니다. 정확히 10년 후부터 호강시켜 드릴게요. 그러니 그때를 상상하며 즐거운 마음으로 일해주세요. 시간 날 때마다 골프 연습하시고요. 그날이 오면 두 분 여기저기 여행 다니면서 골프 치셔야 할 테니까요. 그럼 2016년까지 이 편지 잘 보관하세요."

아빠는 나중에 딴소리하지 말라며 편지를 서랍 깊숙이 보관했다. 나는 해외도 가고 싶으면 영어 공부도 하라고 너스레를 떨었다. 엄마는 잘들 논다며 어이없어하면서도 기분 좋은 눈웃음을 지었다. 그리고 약속의 해인 2016년 여전히 어이없어하는 엄마는 깊어진 눈가 주름을 얻었고, 아빠는 스크린 골프장 VIP회원이 되어 있었다. 필드에 한 번 나가본 적 없는 깨끗한 골프 가방에는 코팅한 편지가 달랑달랑 매달려 있었다. 〈개콘〉에서 힘겨워하는 나에게 아빠가 말했다.

"아들 아직 시간 많아. 크게 될 사람은 대기만성인 법이야. 천천히 성공해야 오래가는 법이다."

그로부터 2년이 지나 드디어 아빠와 나는 함께 골프장

에 가서 장갑을 끼고 짐을 날랐다. 식당에서 지배인을 하던 아빠는 내 편지를 받은 해에 바로 사업을 시작했다가 사기를 당해 용달을 하고 있었다. 나의 네 번째 일은 아빠의 조수였다. 60킬로그램밖에 나가지 않는 아빠는 30킬로그램이 넘는 짐도 가볍게 들었다. 하긴 예순에 서른 넘는 아들도 짊어지고 있는데 그깟 짐이 무거울까.

"아들. 아직 아빠 팔팔하니까 신경 쓰지 말고 힘내! 넌 무조건 돼. 잘하고 있어."

위로해 달라고 한 적도 없는데 받는 위로만큼 슬픈 건 없다. 내색하려고 하지 않아도 쪼그라든 자신감이 티가 났나 보다. 10년 전만 해도 안정적인 직장을 생각해 보라던 엄마에게 자신 있게 말했었다.

"뭐하러 월급 받으면서 일해. 내가 월급 주는 사람 하면 되잖아."

당신은 배우지 못해 힘들게 살았으니 자식이라도 편하게 살았으면 하는 마음에 엄마는 내가 선생님을 하기를 바랐다. 나는 선생을 월급이 꼬박꼬박 들어오고 연금이 나오는 직업으로 보는 생각이 싫었다. 도대체 안정적인 게 뭐라고. 오히려 불안정해야 크게 성공할 수 있다 여겼다. 그래서 순간순간 하고 싶은 일만 했고 그런 자신이 멋있었다.

끝까지 인생을 멋으로만 살 수 있었으면 얼마나 좋았을까. 시간이 흐를수록 엄마가 왜 월급이 일정한 직업을 선택하라고 했는지 이해했다. 남들과 다른 길을 선택한 걸 자랑으로 여기며 살았는데 어느새 남들의 돈 자랑이 부러웠다. 힘들어 죽겠다는 직장인 친구의 한탄마저 부러웠다. 그들이 돈을 저금하는 동안 나는 경험을 모았는데 이자로 겁이 붙었다. 불안정한 현실이 무서웠다.

내가 도전이나 외치며 페루와 스페인을 오가는 동안 아빠는 짐을 나르며 서울과 부산을 오갔다. 아빠는 몇 푼 더 벌려고 짐을 무리하게 실었다가 차가 고속도로에서 전복되었는데도 내가 걱정할까 봐 연락하지 않았는데, 나는 돈이 부족할 때만 연락했다. 바로 옆 사람이 눈물 흘리는 건 신경도 안 쓰면서 알지도 못하는 사람들을 웃기려 애쓰는 아들을 둔 아빠가 불쌍했다.

내가 세월을 낭비하는 동안 세월은 아빠에게 주름과 틀니를 선물했다. 임플란트는 해주지 못할 망정 적어도 짐은 되지 말아야 했다.

# 잘사는 것의 기준

우리나라는 살기 편한 나라이다. 24시간 문을 여는 식당이 수두룩한 것도 모자라 산에서 회를 시켜 먹을 수 있고 바다에서 육회를 시켜 먹을 수도 있다. 카페 테이블 위에 핸드폰을 두고 화장실에 다녀와도 고스란히 제자리에서 주인을 기다린다. 길거리에도 지하철에도 무료 와이파이가 빵빵하다.

이와 비교하면 스페인은 불편하다. 밤 10시면 모든 가게가 문을 닫고 길거리에는 소매치기가 돌아다닌다. 스크린 도어도 없는 지하철에 와이파이는커녕 데이터도 터지지 않는 구간이 많다. 10년 전 여행객으로 왔을 때 봤던 우아하고 고급스러운 이미지의 유럽 국가가 와서 살아보니 후줄근하고 더러웠다.

한번은 무더운 날씨에 샤워를 하다 집 수도가 터졌는지 물이 나오지 않았다. 바로 수리공을 불렀는데 일주일 뒤에 나타나서 상태를 보더니 한다는 소리가 8월 한 달간 휴가를 가니 나중에 오겠다는 것이다. 그러고는 두 달 뒤에 와서 한 달 동안 수리했다. 냉수 목욕으로 여름을 이겨내려 수리를 맡겼는데 겨울 초입에 마무리를 한 것이다. 덕분에 수도세는 아껴 다행이다 싶었다.

그런데 물 쓸 때와 똑같은 가격이 나왔다. 이를 문의하러 동사무소로 갔는데 직원이 뻔히 나를 앞에 놔두고서는 옆에 있는 동료와 줄곧 대화를 이어갔다. 시간이 꽤 흘러 참지 못하고 말을 끊는 실수를 하는 바람에 심기가 불편해진 직원님은 일주일 후에야 문제를 해결해 주었다.

한국이었다면 클릭 한 번으로 하루 만에 해결할 수 있는 문제들이었다. 처음에는 이 모든 게 답답해서 속이 터지는 기분이었다. 그러나 시간이 지나도 도저히 달라지지 않는 환경에 기분 상해봤자 나만 손해라는 것을 알게 되면서 그곳에 적응했다.

전기가 나가면 고치는 데 일주일은 걸릴 것이라 예상하고 도서관에 가서 노트북과 핸드폰을 충전했다. 수도가 망가지면 수리하는 데 세 달이 걸릴 것이라 생각하고 헬스장 샤워실을 이용했다. 그들이 만든 리듬에 들어가니 더 이상 답답하지 않았다. 오히려 문제가 한 달 만에 해결되면 기뻤다.

그 리듬에 1년을 살다 돌아온 한국은 급했다. 승객이 좌석에 앉기도 전에 버스는 출발했고, 버스가 채 정차하기도 전에 사람들은 자리에서 일어났다. 어제 시킨 택배가 오늘 도착했고 가스 밸브가 고장 나기도 전에 검침을 했다. 모두 부지런하고 빨랐다. 이 리듬은 마치 내가 편하게 살기 위해 누군가를 죽어라 일을 시키는 것 같았고 또 누군가 편하기 위해 내가 죽어라 일해야만 할 것 같았다. 이게 잘 사는 건가?

스페인에는 오후 2시부터 5시까지 낮잠을 자는 전통이 있다. 강렬한 여름의 태양을 피하기 위해 시작했다지만 겨울에도 그렇게 휴식을 취한다. 어쨌건 낮잠을 자며 에너지를 충전한 사람들은 일을 마치고 저녁 시간을 즐겼다.

내가 스페인에서 코미디를 할 수 있었던 것은 오를 수

있는 무대가 많았기 때문이고, 무대가 많은 것은 무대를 찾는 관객이 많았기 때문이다. 관객이 많이 올 수 있는 것도 그들이 삶을 즐길 줄 알기 때문이다. 그런 여유를 한국에서는 기대도 할 수 없다. 빨리빨리 습관이 경제 발전을 이룬 것은 분명하나 삶을 즐기는 자세는 만들지 못한 듯싶다. 그렇기에 우리나라에서 투자 없이 자생할 수 있는 문화 콘텐츠는 유튜브밖에 없는 것 같다.

스페인에서 살고 와보니 한국의 장점으로만 여겨지던 것이 단점으로 보였다. 페루에서 살다 왔을 때는 한국 사람들의 표정이 슬퍼 보였다. 이쯤 되면 누가 잘살고 누가 못사는 건지 헷갈린다.

외국에 있을 때는 그렇게 그립고 좋게만 느껴졌던 한국이 정작 와보니 나쁘게만 느껴지는 건 어쩌면 도전에 대한 아쉬움이 불만으로 튀어나오는 건지도 모른다. 깨끗하게 실패를 인정하고 얼른 현실의 리듬 속으로 들어가야 했다.

# 스팸 메일이 준 기회

내 캐릭터는 백수인데 호구로 착각했는지 그 당시 유독 "Hello, my dear. 정의로운 그대여, 함께 지구를 지키고 싶다면 돈을 보내주세요", "I am Mrs. Hiliary Daniels from United States. 미국 FBI가 거짓말을 하고 있습니다. 진실을 밝힐 수 있게 후원해 주세요" 등 영어 스팸 메일이 많았다.

"Hi. FREMANTLEMEDIA is located in MADRID, Spain. We are part of the Motion Picture Production & Distribution Industry."

역시 영어 제목이라 바로 쓰레기통으로 보내려는데

'Spain'이 눈에 밟혔다. 신종 알고리즘 맞춤형 스팸인가 긴가민가하며 메일을 열었다.

"SNS를 보니 끼가 많아 보여요. 당신을 캐스팅하고 싶어요."

불안한 설렘이랄까, 짜증 나는 반가움이랄까. 스페인어로 온 메일을 보니 복잡미묘한 감정이 일었다. 쫓아낼 때는 언제고 이제 와서 캐스팅이야. 설마 스팸이라면 나를 혼란스럽게 만들었으니 성공한 셈이다. 내 컴퓨터로 답장하면 해킹당할 것 같아 피시방으로 가서 메일을 썼다.

"비자 만들어주면 캐스팅에 응하겠어요."

어차피 스팸이면 밑져야 본전이니 강하게 나갔다.

"비자는 없어도 돼요. 이건 오디션 프로그램이거든요."

묻는 말에 답장이 온 걸 보니 적어도 로봇이 보내는 스팸은 아니었다. 무비자로 삼 개월 동안 스페인 땅을 밟을 수 있고, 오디션 프로그램이면 짧은 시간에 끝날 것 같았다. 도전해 보고 싶다기보다 이제는 뭐든 하지 않으면 괴로운 상태였기 때문에 일단 캐스팅에 응했다.

"하신다고요? 좋아요! 그럼 예선은 온라인 테스트니까 영상으로 찍어서 보내줄래요?"

오랜만에 스페인에서 했던 대사를 카메라 앞에서 하려니 어색했다. 5분짜리 영상을 찍는 데 다섯 시간이 걸렸다. 바로 다음 날 합격 소식이 날아왔고 치킨과 와플이 만들어준 돈으로 스페인으로 날아갔다.

돈을 최대한 아끼기 위한 계획은 이랬다. 오디션 전날 밤에 마드리드에 도착해 심야 버스를 타고 바르셀로나에 가서 오디션을 보고 다시 심야 버스를 타고 마드리드로 돌아온 후 비행기로 컴백홈. 그러니까 경기도 퇴촌 집부터 스페인 바르셀로나까지 당일치기로 오디션을 보고 오는 거였다. 여독을 풀 겨를 따위는 없었다.

오디션장은 개그맨 공채 시험장 같았다. 대기실에는 무용하는 아기와 에어로빅하는 아줌마 팀이 서로 부딪히지 않으려고 피해가면서 춤을 추고 있었고, 복도에는 웃통을 깐 남자가 기합 소리를 코로 내며 무술을 하고 있었다. 화장실에서는 어떤 사람이 온몸에 보디 페인팅을 하고 있었다. 갑자기 옷을 훌러덩 벗는 탓에 여자인 걸 알아차리고 도망쳐 나왔는데, 거긴 남자 화장실인데? 정신없는 곳이었다. 지원자도 많아 대기 시간도 길었다.

"김붕순."

아침에 도착했는데 점심이 지나서야 내 이름이 불렸다.

"Mucha mierda!" 대기하는 동안 친해진 친구가 응원을 해주었다. 직역하면 '많은 똥'이라는 뜻인데, 행운을 비는 스페인 말이다. 옛날에 극장에는 귀족들이 마차를 끌고 공연을 보러 왔었는데, 관객이 많이 올수록 똥이 많았다(말들이 똥을 많이 싼다)는 데서 유래한다. 공연하는 사람에게는 응원이자 칭찬인 표현이다.

오디션장의 모습은 내가 생각한 그림과 전혀 달랐다. 앞에 큰 × 표가 4개 있고 그 뒤에 유명한 심사 위원 네 명과 관객들이 앉아 있어야 했다. 그러나 눈앞에는 흑백으로 '갓 탤런트'가 프린트된 종이가 대충 붙어 있는 간이 테이블에 두 명의 심사 위원이 앉아 있을 뿐이었다. 온라인 테스트는 구색이었고 그 현장이 진짜 오디션임을 눈치채는 순간이었다.

즉, 내가 캐스팅 연락이라고 생각했던 메일은 단체 광고였고 대기실에 있던 모든 사람이 그 메일을 받았던 것이다. 저들과 처음부터 동등하게 경쟁해야 한다는 걸 알았으면 이렇게 무리해서 올 리 없었는데, 당혹스러웠다.

심사 위원도 갑자기 등장한 동양인이 멀뚱멀뚱 서 있는

게 당황스러웠는지 영어로 물었다.

"어느 나라에서 왔어?"

속은 느낌이 들어 신경질적으로 스페인어를 내뱉었다.

"스페인어 못해?"

심사 위원은 애드리브로 여겼는지 웃음을 터트렸다. 어쨌든 간만에 받는 웃음에 기분은 좋아져 준비한 코미디를 했다. 심사 위원의 흡족한 표정을 보고 밖으로 나갔다. 다른 지원자의 잘했느냐는 물음에 우승했다고 대답했다. 웃는 그들에게 "많은 똥!"을 외쳐주고 서둘러 밖으로 나왔다. 막차를 타고 마드리드로 돌아가야 했기 때문이다. 버스를 타고 잠을 자려는데 나에게 메일을 보냈던 작가에게서 문자가 왔다.

"오늘 잘했다며? 아무래도 본선 진출한 것 같으니까 한 달 뒤에 보자! 수고했어!"

역시 심사 위원이 괜히 "만약에 우승하면 상금을 어디에 쓸 건가요?"라고 물어본 게 아니었어. 나를 우승 후보로 점지해 둔 거야. 괜히 한국으로 돌아갔다 다시 오면 돈 낭비였기 때문에 새로운 계획이 필요했다. 다른 날로 미루기에는 이미 늦은 귀국 티켓을 포기하고 호르헤의 집으로 향했다. 이전에 찝찝하게 끝낸 도전을 깔끔하게 마무리 하고 돌아가리라. 다시 스페인에서의 가난한 '한달살이'가 시작되었다.

# 스페인으로 출장 다니는 백수

본선 당일, 예선 때와 똑같은 시간대의 버스를 마드리드에서 타고 잠에서 깨어나니 바르셀로나였다. 예선 때와는 다르게 카메라 여러 대와 강한 조명이 있었다. 드디어 스페인 방송에 나간다는 사실을 자랑하려고 핸드폰을 꺼내는 순간 압수당했다. 스포일러를 방지하기 위한 조치였다. 참가자 전원이 핸드폰을 반납했기 때문에 대기하는 동안 서로 이런저런 대화를 했다.

"내 농담 중에 성기 얘기가 있는데 괜찮을까?"

본선을 준비하며 수위에 대한 고민이 있었다. 아무리 한국보다 수위가 높은 스페인이라 할지라도 공영방송이니 적절한 선이 있을 것이었다. 공연장에서 잘 터지는 농담 중에 '남자의 성기'를 다루는 게 있는데 그걸 해도 되나 감이 오지 않았다. 그래서 코미디언 같은 느낌을 풍기는, 해적 분장을 한 애꾸눈 지원자에게 물어본 것이다.

"그게 왜?"

그렇게 대답하더니 그는 대뜸 바지를 훅 내리고는 허리를 앞으로 쭉 내밀었다. 깜짝 놀라 뒷걸음질쳤다. 흉측한 물건을 달랑달랑 흔들며 그가 말했다.

"인형이야, 쫄지 마. 이 정도는 해야 통과하지. 다른 애들 봐봐. 난 약과라고."

다른 대기실을 가보니 엉덩이를 그대로 드러낸 여성 댄스 그룹, 젖꼭지만 아슬아슬하게 병뚜껑으로 가린 트랜스젠더까지 있었다. 괜한 고민을 했구먼.

딸 세 명이 노래를 부르고 아빠가 피아노를 치는 무대가 끝나자 관객들은 다 같이 "골든 버튼! 골든 버튼!"을 외쳤다. 그걸 누르면 심사 없이 바로 준결승에 진출할 수 있었다. 마치 우승이라도 한 듯한 관객의 호응에 아빠와 딸들은 감격해 서로 부둥켜안고 눈물을 흘렸다.

심사 위원 네 명은 그들을 탈락시켰다. 그들이 흘리던

감동의 눈물은 슬픔의 눈물로 바뀌었다. 부모 20명과 아이 20명으로 이뤄진 유모차 댄스 팀도 떨어졌다. 대기실은 아이들의 울음바다로 녹화가 중단되는 사태가 벌어졌다. 본선은 그 정도로 냉정했다. 관객이 아무리 호응을 잘해줘도 심사 위원의 입맛에 맞지 않으면 탈락.

내 차례가 오기 전까지 20개의 팀이 있었는데 4개의 팀밖에 통과하지 못했다. 사실 나처럼 유니크한 존재는 없다고 생각했기 때문에 그냥 통과할 줄 알았다. 옆에서 하늘을 날아다니며 쿵푸를 하던 중국인도, 스페인어로 유창하게 노래를 부르던 일본인도 같은 생각을 하고 있는 것 같았다. 불안감이 엄습해 왔다.

정확히 오디션장에 온 지 열두 시간 만인 저녁 8시에 무대에 올라갔다. 관객도 여섯 시간 동안 연속해서 공연 보는 것에 지쳤는지, 내가 등장할 때 아무런 박수 소리가 들려오지 않았다. 스페인 사람들의 이목을 집중시킬 요령으로 한국어 인사를 준비했다. 먼저 한국어로 떠들다가 관객들이 벙찌면 갑자기 스페인어를 구사해 놀라게 하려고 한 것이다. 이 작전이 통하려면 심사 위원과의 사전 인터뷰 없이 공연을 시작해야 했기에 피디에게 미리 알려주었다.

피디는 오케이 사인을 보냈고, 나는 이 작전만 생각하고 무대에 올랐다. 심사 위원 한 명이 내가 등장하자마자 기다렸다는 듯이 스페인어로 대화를 시도했다.

"어느 나라에서 왔어요?"

혼란스러웠다. 여기서 스페인어로 대답하는 순간 계획한 스타트를 끊을 수 없었기 때문이다. 그렇다고 그냥 무시하고 가만히 있자니 장내 분위기가 싸했다. 정적을 메꾸기 위해 그냥 한국어로 떠들었다.

"안녕. 난 한국에서 왔어. 어차피 내가 지금 하는 말 이해 못 하지?"

심사 위원들과 관객들이 더 조용해졌다. 차라리 잘되었다 싶어 대본을 시작하려는 순간, 보조 엠시가 옆에서 뛰어나오더니 도와준답시고 말을 건넸다.

"디스엔디스원 빠따아예르. 내가 통역해 줄게. 얘 한국 사람이라 스페인어를 못한대."

그는 한국말을 하는 척 외계어를 쏟아낸 후 가짜 통역을 하기 시작했다. 이렇게 된 거, 차라리 이 사람이랑 외계어로 대화하며 스페인어 못하는 걸 각인시키자. 애드리브에 호응해 대화하는 척을 했다. 이윽고 엠시가 퇴장을 하고 무대에 혼자 남았다. 바로 스페인어로 말했다.

"걱정하지 마. 나 스페인어 할 줄 알아!"

심사 위원 중 하나가 벌떡 일어나더니 황당해했고 관객들이 웃었다. 준비한 공연을 이어갔다. 이후 지쳐 있는 줄 알았던 관객은 내내 웃음을 터트렸다. 고민했던 성적인 농담에서도 끅끅거리는 웃음들이 터졌다. 그런데 심사 위원 네 명은 약속이나 한 듯 정색을 했다. 나중에 안 사실이지만 저질로 평이 나 있던 방송국이 이미지를 개선하는 중이어서 그런 리액션을 한 것이었다. 성기 모형을 보여준 해적도 본선에서 탈락했다. 당시에는 그 사실을 몰랐기 때문에 눈치를 보고 애드리브를 쳤다.

"방금 한 농담에 바르셀로나에 사는 관객들은 다 웃었는데 심사 위원들은 안 웃네? 아, 맞다. 너희들 마드리드에서 왔지?"

대부분의 관객이 바르셀로나 출신이었기에 마드리드 사람을 농담의 대상으로 삼은 것이다. 심사 위원들도 졌다는 듯 웃음을 터트렸다. 통과 버튼을 안 주기로 유명한 한 심사 위원은 애드리브가 좋았다며 버튼을 눌렀다. 옆에 있던 가수는 외국인 입장에서 웬만한 통찰력으로는 하기 힘든 농담을 해냈다며 역시 버튼을 눌렀다. 그리고 남은 두 명의 개그우먼. 한 명은 별다른 심사 평 없이 재미없었다며 탈락 버튼을 눌렀다. 진짜 마드리드에서 왔나? 반면 다른 개그우먼은 나의 대모가 되어주겠다며, 무조건 결승까지 가야 한다며 통과를 시켜주었다. 세 표를 얻고 본선을 통과했다. 양팔을 한껏 벌리고 만세를 불렀다.

언제 또 준결승이 펼쳐질지 모르는 상황에서 더 이상 호르헤의 짐이 될 수 없어 일단 한국으로 돌아왔다. 다시 백수로 돌아온 것이다. 그러나 한 달 전과는 달라진 백수였다. 본선 무대가 스페인 방송에 나가고 준결승을 통과해 결승에 나가면 내 인생은 달라질 거라는 기대에 차 있었으니까. 더 이상 이 일 저 일 하며 부모님의 짐이 되지 않아도 될 것만 같았으니까.

# 떠돌다가 만난
## 다음 무대

유튜브 강의를 다니면 회사원이 많이 온다. 그리고 그들은 하나같이 말한다.

"회사나 때려치우고 유튜브나 할까요?"

그럼 제발 그러지 말라고 말한다.

"제발 퇴사하세요. 제가 대신 입사하게…. 구독자 30만(그 당시 구독자 수)인 저도 고정 수입을 받는 회사원이 부러울 때가 많아요. 진입 장벽이 낮아서 쉽게 생각하고 뛰어들었지만 누구나 할 수 있는 판은 누구나 망할 수 있는 판이란 걸 느끼며 하루하루 버티고 있어요. 제발 유튜브에 올인하지 마세요. 올인한다고 해서 잘된다는 보장도 없거니와 우연히 한 번 잘되었다고 해서 그걸 유지하는 건 또 별개의 일이거든요. 취미로 유튜브를 시작했다가 소위 떡상을 경험하고는 회사를 때려치웠다가 바로 구독자들에게도 외면당해 후회하는 유튜버 많이 봤어요. 일단 남는 시간을 이용해도 충분해요."

이렇게 떠벌리는 나는 정작 유튜브에 올인했다. 스페인 〈갓 탤런트〉에서 본선을 통과하기는 했지만 한국에서 백수임에는 변함이 없었다. 새로운 직업이 필요했고 나는 직업으로 유튜버를 찜했다. 이게 망하면 이미 벼랑 끝인 인생은 나락으로 떨어진다는 각오였다.

유튜브에 전력을 다한 이유는 세 가지였다. 하나는 경력도 없는 삼십 대 백수가 한탕을 노릴 수 있는 유일한 방법 같았다. 둘은 힘을 얻고 싶었다. 내 영상을 본 시청자들이 단 댓글을 보며 응원받고 싶었다. 셋은 영상을 만드는 동안은 부정적인 생각이 나지 않았기 때문이다. 나를 괴롭히는 걱정거리들도 영상을 기획하고 촬영하고 편집하는 동안은 사라졌다.

채널을 개설하고 지난 1년 동안 스페인에서 찍은 영상을 하루 열네 시간 동안 편집했다. 삼 일에 하루꼴로 한 달 동안 총 영상 10개를 업로드했다. 그렇게 얻게 된 구독자는 9명. 영상 개수보다 적었다. 카톡 친구만 천 명인데, 인간관계를 잘못했나?

첫 영상을 올릴 때 대박이 날 줄 알았다. '스페인'+'코미디' 키워드는 듣도 보도 못한 콘텐츠였기 때문이다. 그 후 오 개월 동안 40개가 넘는 영상을 올렸는데 알고리즘은 단 한 개의 영상도 인간들에게 전해주지 않았다. 키워드가 너무나 유니크한 나머지 아무도 검색하지 않았던 것이다.

대부분이 유튜브를 접는 삼 개월 차. 유튜브 잘 보고 있다고 말하는 지인 수보다 조회수가 낮은 기현상을 겪고 있었다. 은퇴해야 하나? 내 영상은 다른 이들에게 퍼 나르지도 않는 알고리즘은 나에게만 열심히 이강인 선수 영상을 퍼 날랐다. '스페인 하면 축구지, 무슨 코미디냐, 이 미련한 인간아'라고 말하는 것 같았다.

알고리즘의 훈수를 받아들여 스페인 축구 영상을 한국어로 번역해 세 시간 만에 뚝딱 만들었다. 내 얼굴도 나오지 않는 3분짜리 영상 조회수가 5만 뷰. 그 하나의 영상이 지난 오 개월 동안 올린 40개의 영상 조회수를 모두 합친 것보다 압도적으로 높았다.

그 뒤로 축구 영상과 동시에 코미디 영상도 올렸다. 비록 축구 영상은 몇십만 명이 보는 반면 코미디 영상은 몇백 명밖에 보지 않았지만, 이 경험은 나에게 큰 용기를 주었다. 나락으로 갈 뻔한 상황에서 어떻게든 시도했고 시행착오를 겪었지만 방법을 터득해 의미 있는 결론을 도출했으니 말이다. "이강인 보러 왔다가 김병선에 빠졌다"라는 댓글이 대표적인 결론 중 하나였다.

다행히 꾸준히 하다 보니 유튜브에서 수익이 났다. 제법 많은 사람이 스페인에서 했던 도전을 응원했고 내 도전을 통해 힘을 얻었다는 댓글도 있었다. 한국, 페루, 스페인을 돌아다니며 무대를 찾다 결국 유튜브라는 나만의 새로운 무대를 찾은 느낌이었다.

# 나의 취미 1
## 스페인어

나는 스페인어를 못한다. 문법도 엉망이고 모르는 단어도 수두룩하다. 현지인과 프리 토킹밖에 하지 못한다. 자유형이 뭔지도 모르면서 내 마음대로 물질을 하는 꼴이다. 스페인어를 익힌 곳은 페루의 작은 마을, 이카. 처음에 가장 많이 들은 말은 스페인어가 아닌 중국어였다. 내가 한국인이라 말해도 어디를 가나 니하오, 셰셰를 외쳤다. 그들에게 한국이나 일본이나 모두 중국이었다.

두 번째로 많이 들은 말은 "No hablo inglés"였다. 영어 할 줄 모른다는 뜻으로 "하이, 원 달라, 땡큐"만 구사할 줄 알아도 거기서는 고급 인력이었다. 그리고 마을에서 공식적으로 제일 멍청한 사람은 나였다. 스페인어를 못했으니까. 책상에 앉아 기초부터 공부하고 싶었지만 그럴 수 없었다. 당장에 책상이 없었기 때문이다. 잠을 잘 곳도 먹을 것도 없었다. 수화로 밥을 주문하고 마임으로 방을 구했다.

생존을 위해 현란한 손 동작에 스페인어 곁들이기를 한 달, 택시를 타고 원하는 목적지에 갈 수 있는 수준에 도달했고, 삼 개월 차에는 바가지 씌우는 운전기사와도 싸울 수 있었다. 내가 아무리 문법이 틀린 욕을 해도 그는 친절하게 알아서 이해하고 열받아 했다. 뚫린 입이라고 막 말해야 오히려 욕을 덜 먹는 환경에 살다 보니 파이트 토킹을 하게 되었는데, 이는 곧 프리 토킹의 경지로 나를 이끌었다. 입이 트이니 길에서 만나는 모든 사람이 회화 대상이었다.

"알리안사 리마가 잘해, 우니베르시타리오가 잘해?"

축구에 죽고 사는 페루 사람들은 무조건 이 두 팀 중 한 팀의 팬이다. 이 질문만으로도 희로애락이 담긴 100분 토론을 펼칠 수 있었다. 이런 식으로 길에서 말을 하다가 사귄 친구가 아나엘이다. 우연히 만난 아나엘은 마치 필연적으로 만났어야 했던 사이인 것처럼 잘 맞았다. 아나엘

만큼 나에게 스페인어를 잘 가르쳐준 선생님이 없었다. 하루는 여자 친구와 진도를 나가려는데 그녀가 거부를 하며 말했다.

"Tengo regla."

'Tengo'는 갖는다는 뜻이고, 'regla'는 규칙이라는 뜻이니 '나에겐 원칙이 있어'라는 뜻으로 이해했다. 사귄 지 1년이 넘어야 손을 잡는다든가 결혼을 약속해야 뽀뽀를 한다든가 식으로 말이다. 육 개월째 진도는 못 나가고 복습만 하고 있었기 때문에 더 이상 참을 수 없었다.

"너의 규칙을 파괴해 버리겠어."

여자 친구는 농담에 화답하듯 크게 웃음을 터트렸다. 그 반응에 추진력을 얻어 재시도를 했지만 또다시 거부했다. 하고 싶지만 하기 싫다는 이상한 말만 하며 웃는 태도가 나를 갖고 노는 것 같아 화가 났다. 다음 날 아나엘에게 정열의 나라가 전혀 정열적이지 않다는 비아냥을 해대며 어제 상황을 말하니 그 역시 큰 웃음을 터트렸다. 그리고 이어진 그의 가르침.

"그 말은 생리를 한다는 뜻이야."

그럼 내가 그것을 파괴해 버리겠다고 말한 거네. 화를

내지 않고 웃어준 여자 친구는 관대한 사람이었고, 오히려 화를 낸 내가 미친놈이었다. 바로 아나엘이 하라는 대로 여자 친구에게 전화를 했고 며칠 후 못다 한 진도를 나갔다.

아나엘은 욕 강의도 잘했다. 학생들이 축구를 하다 실수만 하면 "Huevón"이라고 말했다. 학생에게 뜻을 물어봐도 감탄사라고만 하고, 전자사전으로 찾아봐도 '큰 달걀'이라고 나오는 게 이상했다. 상황상 나쁜 뜻이 분명한데 심증만 있을 뿐 물증이 없으니 답답했다고.

그때 아나엘이 "Huevón"은 "젠장"이라는 뜻으로 어린 학생은 쓰면 안 된다고 알려주면서, 그 단어를 들었을 때는 "Cállate la boca, imbécil"이라고 말하라고 훈계법까지 알려주었다. 아나엘의 가르침 덕분에 교장실도 구경할 수 있었다. 아나엘이 알려준 문장의 뜻은 "입 닥쳐, 이 얼간이야"였기 때문이다.

스페인어 실력은 제자리걸음인데 욕은 날이 갈수록 늘었다. 세 살짜리 아기가 옹알이하면서 욕만 유창하게 하는 느낌이랄까. 변명을 하자면 현지인이 단어 3개를 뱉는다면 그중 2개는 욕이었다. 그냥 조용히 앉으라고 하면 되는 것도 "닥치고 여기 처앉아, 새끼야"라고 말했다. 그런 환경에서 듣고 배운 스페인어니 그럴 수밖에. 어쩌면 그렇게 배웠기 때문에 그 언어로 코미디를 할 수 있는 건지도.

구사하는 언어에 따라 성격이 바뀐다고 한다. 스페인어를 쓸 때는 까불까불해지고 한국어를 쓸 때는 진지해진다. 구사하는 단어의 양과 언어의 깊이가 달라 그런 거겠지만 분명 그 언어로 소통하는 상대의 영향도 강한 것 같다. 일할 때는 한국어를 쓰는 병선이, 놀 때는 스페인어를 쓰는 병선이일 수 있으면 얼마나 좋을까.

# 나의 취미 2
## 일기

15년 동안 일기를 썼다. 밥 먹고 똥 싸고 잠자는 거 빼고 인생에서 가장 오랫동안 지속적으로 한 행동이다. 그 결과 총 24개의 일기장이 창제되었나니, 모두 병선 보물 1호부터 24호까지 등재되었다.

“오늘 나는 김치찌개를 먹었다. 맛있어서 나는 기분이 참 좋았다. 정성스러운 요리를 해주신 어머니께 나는 오늘 감사하다고 말해야겠다”류의, 맛없었으면서 맛있다고 쓰고, 평소 엄마라고 부르면서 어머니라고 쓰고, 감사하다고 말해야겠다는 미래형을 씀으로써 감사하다 말하지 않았으면서 영악하게 선생님에게 ‘참 잘했어요’ 도장을 받으려

했으나 '오늘'과 '나는'에 빨간색 줄이 그어지며 '일기는 그날의 이야기이고 화자는 본인이니 이 표현들은 사용하지 않도록 해요' 따위의 검열을 받아버린, 삐뚤빼뚤한 글씨체 빼고는 다 거짓인 초딩 시절의 일기장은 보물로 치지 않는다. 이런 가짜 일기 말고 진짜 일기를 쓰기 시작한 건 고등학교 3학년 때 친척 형을 만나면서이다.

서울대를 다니던 형은 내가 자신의 후배를 꿈꾼다는 게 재미있다며 무료 과외를 해주었다. 그러나 지난 18년 동안 책상에 앉아 종이에 펜을 긁적이는 행위 자체를 해본 적이 없는 내 몸은 가만있지를 못했다. 형은 피타고라스의 정리를 가르치러 왔다 내 주변 정리도 못 하고 돌아갔다.

다음 날 형은 시간 단위로 네모 칸이 쳐진 다이어리를 사 왔다. 만화책을 읽든 멍을 때리든 앉아 있는 시간만큼 네모 칸을 빨간색으로 칠해보라는 게 형의 주문이었다. 처음에는 한 칸도 색칠하지 못했다. 의자에 일시정지 버튼이 있는지, 앉기만 하면 시간이 흐르지 않았다. 괜히 바깥 날씨가 궁금하고 배가 출출하고 오줌이 마려웠다.

그때 발견한 방법이 낙서였다. 일단 책상에 앉아 다이어리를 펼친 뒤 기상부터 취침까지, 밥 먹는 시간부터 화장실 간 횟수까지 사소한 것들과 잡생각들을 긁적였다.

2분째 책상에 앉아 있다. 오늘은 과연 한 시간을 버틸 수 있을까? 한 시간은 60분. 그럼 여태 2분 버텼으니까 2 곱하기 30이 60. 방금 버틴 것처럼 29번 더 버티면 되네? 아싸, 3분 지났다. 그럼 3 곱하기 20이 60이니까 19번만 더 버티면 되네? 근데 왜 버티는 거지? 대학에 가려고? 대학 가면 여친 사귈 수 있나?

의식의 흐름대로 낙서를 하다 보면 제법 시간이 잘 갔다. 뭐 같은 낙서를 읽는 것도 시간을 죽이는 방법 중 하나였다. 자체 제작과 자체 소비를 반복할수록 다이어리에 빨간 칸들이 늘어났고 앉아 있는 습관이 조금씩 만들어졌다. 그때부터 15년째 낙서를 하고 있다.

오랜 시간 하다 보니 과거의 나끼리 비교하는 재미가 쏠쏠하다. 스물여섯 살의 다이어리에는 제발 〈개콘〉에 들어가고 싶다고 적혀 있는데, 스물일곱 살의 다이어리에는 제발 〈개콘〉 때려치우고 싶다고 적혀 있다. 한 달 전 일기장에 이제 진짜 앞으로 축구 할 때 화 안 낸다고 써 있는데 서른두 살, 서른한 살, 서른 살… 매년 일기장에 똑같이 쓰여 있다. 이런 재미를 주는 보물은 심지어 나의 기분까지 치료해 준다. 기분이 안 좋을 때는 펜을 들고 안 좋은 이유를 적어본다.

책을 내야 하는데 글이 안 써져. 글쓰기에 재능이 없나? 편집자가 피드백을 했는데 뭔 소린지 모르겠어. 답답쓰! 뭐 딱히 적을 게 없는데. 그냥 다 짜증 나네. 글이 안 써져? 1. 다른 글을 쓴다. 2. 책을 보고 따라 쓴다. 3. 그만 쓴다. 피드백이 무슨 소리인지 몰라? 1. 다시 물어본다. 2. 무시한다. 오키, 결론 나왔네. 일단 오늘은 그만 쓰고 피드백은 무시하자.

막상 스트레스받는 것을 글로 써서 눈으로 보면 별거 없었고 기분이 훨씬 나아졌다. 하지만 이런 것도 시간적 여유가 있을 때나 하고 요즘은 일이 바쁘다는 핑계로 후다닥 사실만 기록한다.

"김치찌개를 먹었다. 맛이 없다. 어제 먹다 남은 탕수육은 왜 넣은 거지? 언제나 엄마의 창의력에 감탄한다."

## 나의 취미 3
### 축구

스페인에서 축구는 나의 항우울제였다. 경기장에 들어서는 순간 그 공간만이 내가 사는 세상의 전부였다. 좋은 플레이 하나에 기뻐했고 어이없는 실수에 화가 났다. 사소한 것 하나하나에 민감하게 반응하다 보면 지루하고 슬픈 일상 따위가 끼어들 공간이 없었다. 뇌를 꽉 채우고 있던 복잡한 생각도 공을 차면 다 날아갔다.

경기 시간이 90분에 가까워질수록 이 순간이 끝나지 않기를 바라는 간절한 마음에 눈물이 땀에 섞여 흐른 적도 있었다. 하지만 경기는 반드시 끝나는 법. 현실이 무료함과 걱정거리를 주렁주렁 달고 부메랑처럼 돌아왔다. 어찌 보면 축구는 할 때는 황홀한데 끝나면 황망한 기분을 주는 마약과도 같았다.

열 살 때 처음으로 그 마성의 스포츠에 손을 댔다. 아니, 발을 댔다. 국민학교라는 명칭이 초등학교로 바뀔 때쯤 우리 집은 서울 강북에서 강동으로 옮겼다. 난생처음 해보는 전학에 경계심을 품고 있던 초등학교 3학년 눈에 제일 이상하게 보인 것은 학교 운동장 양쪽에 대칭해서 박혀 있는, 옆으로 긴 직사각형이었다.

전 학교에는 축구 골대가 없었다. 그래서 축구 대신 달리기를 하며 놀았고 빨리 달리는 아이일수록 인기가 많았다. 달리기 전교 2등이었던 나는 인싸 중에 인싸였다. 하지만 전학 온 학교의 인기 척도는 축구였다. 빠르게 달리기 위해 허공을 가르던 발은 공 앞에서도 허공만 갈랐다. 헛발질은 최고의 개인기가 되어 친구들을 웃겼다. 자연히 아싸가 된 나는 운동장 구석으로 가 개미를 잡았다.

어느 날 동네 놀이터에서 개미와 한창 놀던 중 형들이 축구를 하며 놀이터를 장악했다. 무서워서 도망을 가려는 찰나 사람이 모자라니 골키퍼를 보라고 협박했다. 축구라면 딱 질색이었지만 공을 안 막으면 주먹으로 맞을까 봐

최선을 다해 골대를 지켰다.

개미 잡던 실력으로 공을 잡아내는데 도저히 잡을 수 없는 강슛이 얼굴을 향해 날아왔다. 다가오는 공을 보며 이게 아플까 주먹이 아플까 계산할 찰나 코가 찡하더니 그대로 나자빠졌다. 콧구멍에서 무언가 흐르는 느낌을 받자 눈에서도 눈물이 흘렀다. 정확히 어느 부위인지 모르지만 윙윙거리는 불쾌한 느낌을 받으며 그대로 누워 있는데 형들의 목소리가 들려왔다. '잘 막았어'인지 '잘 맞았어'인지 잘 분간은 안 갔지만 칭찬인 건 분명했다. 기분 좋았다. 변태 같지만 그때부터 축구와 사랑에 빠졌다.

축구 선수를 꿈꾸기도 했다. 능력을 어필하기 위해 축구부가 훈련을 나오면 일부러 근처로 공을 차서 전속력으로 달려가 공을 주워 오는가 하면, 프로축구 감독이 한강이 보이는 아파트에 살 정도로 연봉이 높다는 기사를 읽고서는 혼자 한강에 가서 볼리프팅을 했다. 그렇다고 잘하지는 않았다. 그냥 많이 했다.

늦게 공부를 시작하며 남들 공부할 때 나는 왜 축구만 했을까 후회를 한 적도 있었다. 쓸모없는 취미에 정신이 팔려 시간을 낭비한 탓에 재수를 했다고 생각했다. 그래서 대학을 준비하는 동안 축구를 거의 하지 않았다. 아이러니하게도 축구 덕분에 서울대 체육교육과에 들어갈 수 있었다. 실기 평가의 무려 50퍼센트를 차지하는 전공 실기가 바로 축구였기 때문이다. 그때 인생에 쓸모없는 경험이란 없다는 걸 깨달았다.

세계를 여행하다 보면 축구만큼 좋은 소재도 없다. 초면이라 딱히 할 이야기가 없어 분위기가 썰렁하면 일단 "바르셀로나가 잘해, 마드리드가 잘해?"라는 화두만 던져도 삽시간에 열띤 토론의 장이 열린다. 언어가 안 통해도 축구공만 있으면 친구가 된다.

나는 지금도 다음 날 축구 경기가 있으면 설레면서 잠자리에 든다. 설렘이란 감정이 점차 줄어드는 삶에서 축구는 나를 언제나 순수하게 만들어주는 소중한 취미이다.

# 고의로 고생을 샀습니다

대학 시절 학교 간판을 팔아 과외를 했다. 여름에는 에어컨이 나오고 겨울에는 히터가 나오는 방에서 학생의 어머니가 깎아주신 각종 과일을 먹으며 학생 옆에 앉아 "한번 풀어볼까?", "왜 그렇게 생각해?"만 반복하며 현금을 벌었다. 학생 세 명만 가르쳐도 한 달 생활비로 충분했으니 저노동 고수익의 알바였다.

그날도 과외가 끝나고 학생과 함께 어머니가 현관까지 배웅을 해주었다.

"선생님, 수고하셨어요. 잠시만요."

어머니의 입 밖에서 튀어나온 마지막 문장에 두근거렸

다. 한 달에 한 번씩만 들을 수 있는 그 '잠시만'의 뜻은 '오늘 돈 드리는 날이니 기다려달라'였기 때문이다. 눈치 빠른 학생은 인사를 하고 방으로 들어갔고 나는 곧 받게 될 선물을 눈치 없이 그 자리에서 바로 확인하지 말라며 스스로에게 주문을 걸고 있었다.

"선생님, 죄송해요. 잠시만요."

'잠시만요'가 두 번 연속 나오면 좋지 않은 상황인데…. 돈 봉투가 나와야 하는 주머니에서 핸드폰이 나오더니 어머니는 부엌으로 빠르게 후퇴했다. 나는 신발장에 붙어 있는 전신 거울에 비친 내 눈을 보고 깜빡깜빡했다.

"선생님! 잠시만요!"

그렇게 큰 소리로 외치지 않아도 다 들리는데 어머니의 다급함이 데시벨을 높였다. 그때 갑자기 등 뒤에서 띠띠띠 소리가 나서 깜짝 놀랐다. 문이 열리고 더 깜짝 놀란 학생의 아버지가 욕을 뱉었다. 아버지는 무의식중에 튀어나온 숫자가 민망했는지 멋쩍은 웃음을 지으면서 한 손으로는 악수를 청하더니 다른 한 손은 주머니에 넣었다. 조끼에 달린 여러 개의 주머니 중 가슴에 달린 주머니에서 반으로 접힌 봉투가 나왔다. 그것을 받으며 맞잡은 아버지의 두 손은 운동을 해서 만들어진 나의 굳은살보다 두껍고 거칠었다.

"선생님, 고생 많으십니다."

누가 잡아봐도 아버지 손이 더 고생한 손이에요. 고생은 아버지가 하셨죠. 전 고생 안 했어요. 아버지가 땀 흘려 번 돈을 에어컨 바람 쐬며 버는 내가 너무 치사한 것 같았다. 그때 자고로 돈이라는 것은 고생을 하며 벌어야 하고 그 고생은 몸으로 해야 한다고 생각했다. 젊어서 고생은 사서도 한다는 명언에도 꽂혔다.

그래서 선택한 것이 막일이다. 막일로 용돈을 벌기로 마음먹고 모든 과외를 그만둔 나 자신이 뿌듯했다. 그리고 일거리를 따내기 위해서는 인력 사무소에 새벽 6시까지 가야 한다는 사실을 알자마자 바로 후회했다. 6시면 대학생에게는 아직 전날인데.

아직 해도 깨어나지 않은 시간에 지하 사무실에서 아저씨들이 믹스커피를 마시고 있었다. 6시 정각에 도착했는데도 늦게 와서 일에 투입 안 될 수도 있다고 인력 사무소 이모에게 한 소리 들었다.

어떤 사람이 문으로 들어올 때마다 대기하던 아저씨들

은 자리에서 일어나 손을 번쩍 들며 그에게 다가갔다. 그는 특기가 무엇이냐 묻고는 몇몇 사람을 데리고 갔고, 선택받지 못한 사람들은 다시 자리에 앉아 커피를 홀짝거렸다. 특수한 기술이 있지 않는 한 순서대로 일을 나가는 것 같았다.

7시가 되었을 때는 사무실에 나와 이모만이 남아 있었다. 내일은 일찍 오라는 말을 듣고 나가려는 그때, 한 아저씨가 들어오더니 이모와 이야기를 나누고는 나를 데려갔다. 강남역으로 향했다. 공사판 같은 곳에서 궂은일을 하는 게 막일인데 강남역이라니. 혹시 내가 젊어서 머리 쓰는 작업을 시키려는 건가. 내심 실망했다. 고생하고 싶은데.

그 시각 강남역에는 단정한 옷을 입고 빠른 걸음으로 출근하는 사람과, 머리가 헝클어진 채 술에 취해 비틀거리는 사람이 섞여 있었다. 세련된 전철역 입구와는 달리 내부는 공사 중인지 한 무더기의 시멘트 포대가 쌓여 있었고 깔끔한 보도블록 군데군데 있는 토를 비둘기들이 쪼고 있었다.

일단 아침을 먹으러 갔다. 아저씨를 따라 국밥을 시키는데 "넌 많이 먹어"라고 하더니 곱빼기를 주문해 주었다.

착한 아저씨 덕분에 든든하게 밥을 먹을 수 있었고 잠시 후 아저씨가 착해서 그런 게 아니었다는 사실을 눈치챘다.

바로 강남역 입구에 있던 시멘트 포대가 나의 일거리였다. 2백 개나 되는 포대를 입구부터 시공 중인 지하 화장실까지 옮겨야 했다. 하필 작업 동선에 그 흔한 에스컬레이터도, 엘리베이터도 없어 계단을 오르락내리락해야 했다. 그렇지, 이게 바로 막일이지.

처음에는 헬스장에 있는 빈 바의 무게랑 동일한 20킬로그램이 가볍게 느껴졌다. 그런데 왕복 횟수가 늘어날수록 무게도 늘어나는 것 같았다. 까끌까끌한 시멘트 가루가 따갑기까지 했다. 긴팔을 입었다가 너무 더워서 러닝셔츠만 입었다가 따가워서 긴팔을 입었다가… 정신없이 시멘트를 옮겼다. 화장실에 시멘트를 바르는 아저씨는 기술자이기 때문에 속도가 빨랐다. 아저씨가 소모하는 시멘트의 속도에 맞추기 위해서는 요령을 피울 시간이 없었다. 하필 화장실을 만들고 있었기 때문에 대소변을 핑계로 농땡이를 칠 수도 없었다.

12시가 되자 강남은 정장을 입은 사람들로 가득했다. 한 손에 커피를 든 그들은 러닝셔츠 바람에 포대 자루를 젊어진 나를 힐끗힐끗 쳐다보면서 지나갔다. 내가 원해서 고생을 하고 있었기 때문에 부끄럽지는 않았다. 오히려 시멘트 가루와 땀으로 범벅이 된 채 인파 속을 당당히 헤집고 다니는 스스로가 자랑스럽게 느껴진 순간도 있었다. 하지만 어쩔 수 없는 상황에서 이런 고생을 하면 서러울 것 같았다. 지금보다 나이는 많고 체력은 달리고 돈이 절실한 그런 상황.

이래서 젊어서 고생은 사서 하라는 거구나. 고생을 사 보니 내가 살고 있던 삶이 얼마나 감사한지 느꼈다. 동시에 늙어서는 절대로 고생하기 싫어졌다. 그때부터 젊어서 고생을 미리 많이 사둬야 늙어서 사지 않을 것 같아 미래의 나를 위해 현재의 나를 고생시켰다.

어디로 가면 더 힘들까를 기준으로 군대를 선택했고 페루에서는 2년 동안 집에 세탁기, 인터넷, 티브이, 컴퓨터, 거울 등을 두지 않으며 불편하게 살았다. 한국에 돌아와서는 시간만 나면 자전거 여행을 하며 몸을 혹사시켰다. '고의' 고생으로 매번 이렇게까지 해야 하나 원망이 들었지만 돌이켜 보면 재미있었다. 젊어서 고생을 사다 보니 이제 젊은 건지 늙은 건지 모를 나이가 되었다. 확실히 아는 것

하나는 더 이상 고생을 사기 싫다는 것이다. 지긋지긋하다. 그냥 편하게 살아도 충분히 살 수 있는 세상이란 것을 주변 사람들을 보며 깨달았다.

그런데 또 고생을 하려고 이 책을 쓰고 있다. 서른셋에 쓰기 시작했는데 벌써 서른다섯이다. 이걸 왜 시작했나 과거의 나를 원망하면서 꾸역꾸역 글을 적고 있다. 현재의 나는 다시는 이런 거 안 한다고 다짐하지만 분명 탈고를 하고 나면 미래의 나는 또 다른 고생거리에 도전이라는 프레임을 씌울 것이다. 참 지독한 취미이다.

# 좌절의 순환에 익숙해지는 법

유튜브가 떡상하고 있을 때쯤 스페인 방송국에서 곧 본선 무대가 방송에 나가고 준결승을 시작한다는 메일이 왔다. 이번에는 유튜브 조회수가 만들어준 돈으로 스페인을 갔다. 하비의 집에서 함께 본선 영상을 시청했다. 현장에서 내가 저렇게 통쾌하게 만세를 했었던가. 흥건히 젖은 겨드랑이가 브라운관을 타고 그대로 전해졌다. 하비가 말했다.

"이렇게 기쁠 때는 한 대 피우는 거야."

한결같은 친구였다. 마약 따위가 당시 행복을 대체할 수는 없었다. 친구들에게서 축하 메시지가 쏟아졌고 한국에서는 기사도 나왔다. 주변의 관심이 나를 행복하게 만들었고 오랜만에 잡생각 없이 푹 잘 수 있었다.

다음 날 메일이 하나 왔다. 본선에 통과했지만 아직 준결승 진출 확정이 아니라는 내용이었다. 스페인어 독해 능력이 떨어진 건가 싶어 예선전에서 친해진 친구에게 연락을 하니 그도 똑같은 내용의 메일을 받았다는 것이다. 방송에서는 통과했지만 준결승에 나갔을 때 이슈가 될 만한 사람인지를 따져보려는 것 같다는 추측도 해주었다.

그 추측이 사실이기를 바랐다. 스페인어로 스탠드업 코미디 하는 한국인은 그 어디에도 존재하지 않았던 캐릭터였기에 이슈가 될 여지가 충분했다. 방송 직후 스페인 방송국 공식 유튜브에 올라간 영상도 이를 증명하듯 다른 영상보다 월등히 높은 조회수를 기록하고 있었다. 본선 통과 때와 마찬가지로 스페인에서 한 달 정도 머물며 연락을 기다리기로 했다.

준결승을 준비하기 위해 다시 무대를 찾아다녔다. 그럴 때면 나를 티브이에서 봤다며 사진을 요청하는 사람이 꼭 한두 명씩 있었다. 심지어 길거리에서 두 번이나 알아보았다. 한국에서 방송을 4년 하고도 알아보는 사람이 없었는데, 스페인에서 단 4분 방송에 나간 게 이렇게 파급력이 세다니. 이 정도면 우승을 노려볼 만했다.

본선 무대가 모두 방송에 나가야 준결승 무대를 시작하는데 사 주째 본선 무대의 반 정도만이 방송에 나갔다. 더 오래 체류하면 비자 문제가 발생할 수 있어 비행기표를 연장해야 하나 말아야 하나 고민하는데 때마침 방송국에서 메일이 왔다.

"내부 심사 결과를 알려드립니다. 당신은 최종적으로 준결승에 진출하지 못했습니다."

긴 메일 안에 탈락 이유는 있지 않았다. 그저 "NO"라는 알파벳만이 빨갛게 표시되어 있었다. 기대가 컸던 만큼 당연히 실망도 했다. 하지만 딱 거기까지. 예전처럼 슬픔이나 좌절감이 오지는 않았다. 도전하고 실패하고 도전하고 실패하고를 반복하다 보니 실패가 익숙해졌다.

어쩌면 나는 계속 이렇게 살아가야 하는 사람인지도 모른다. 새로운 시도가 주는 설렘에 끌려 도전했다가 실패해 절망하고, 다시 그 절망감에서 빠져나오기 위해 새로운 시도를 하고 또 실패하고 절망하고….

그 순환에 익숙해지는 게 성장이라면 나는 잘 살아가고 있는 걸 수도 있다. 그러니 이번 스페인 도전은 '개그맨 김병선은 실패했지만 인간 김병선은 성장했다' 정도로 만족 할까 한다.

# 후회만 해서
## 후회되는 어린 시절

후회는 중학교 시절 취미이자 특기였다. 초등학교 6학년 때 축구 선수를 하고 싶었으나 어떻게 해야 하는지 몰랐다. 중학교에 올라가서 축구부라는 게 존재한다는 걸 알았지만 그들은 이미 초등학교 때부터 합숙 훈련을 하던 선수들이었다. 그때 최초의 후회를 했다. '초등학생 때 축구부에 들어갈걸….'

1년 내내 후회를 하다 2학년에 올라갔다. 입학식을 하고 있는 1학년들을 보니 초등학생과 별반 달라 보이지 않았다. 또다시 후회를 했다. '중 1 때 축구부에 들어갈걸….'

1년 내내 후회를 하다 3학년에 올라갔다. 한국에서 개

최한 2002년 월드컵 때문에 축구 붐이 일었다. 주변에서 축구 선수에 도전한다는 중학생이 많이 생겼는데 고등학교를 준비해야 하는 중 3은 없었다. 또 후회했다. '중 2 때 축구 시작할걸…. 중 2 때로 돌아가고 싶다.'

고등학교 1학년, 2002 월드컵 4강 신화의 주역 이을용이 중 3이라는 늦은 나이에 축구를 시작했다는 기사를 접했다. '중 3 때 축구 시작할걸…. 중 3때로 돌아가고 싶다.'

고등학교 2학년 때까지 축구부에 들어가지 않은 것을 후회했다. 그 악취미는 초등학생 사촌 동생의 도움으로 겨우 끊을 수 있었다. 친척들이 모두 모인 설날, 예비 고 3이라는 이유 하나만으로 관심을 한 몸에 받고 있었다. 정작 나는 관심도 없는 대학 이야기에 지쳐갈 때쯤 6학년짜리 사촌 동생이 눈에 들어왔다. '저 나이에 축구부에 들어갔으면 이딴 대학 얘기 안 들었을 텐데….' 그때 동생이 한숨을 푹 쉬며 말했다.

"좋겠다. 저 때가 좋았지…."

그는 이제 막 초등학교에 입학하는 자기 동생을 응시하고 있었다. 어린이가 어린이를 부러워한다고? 순간 집 안에 있는 모든 어른이 빵 터졌다. 나도 웃다가 소파를 보니 마흔 살 먹은 노총각 삼촌이 나를 보고 있었다. 삼촌은 내가 부러운 건가? 그때 후회는 상대적 망상이란 걸 깨달았고 어차피 망상이라면 좀 다르게 해보기로 했다. '어쩌면 지금 고 3의 나는 마흔 살인 내가 투덜거려서 돌아온 걸지도 몰라.' 생각만 바꿨을 뿐인데 기분이 좋았다. 상상을 현실로 만들 수 없다면 현실을 상상으로 만들면 된다. 게다가 상상은 후회보다 재미있었다.

지금도 후회만 하던 학창 시절의 병선이를 생각하면 안타깝다. 과거에 후회한 걸 후회하는 셈이다. 그래도 그 시절 실컷 후회해 준 덕분에 그게 쓸데없다는 걸 깨달았고, 요즘에는 끽해야 '그때 그 주식 살걸' 정도의 후회밖에 하지 않는다. 그 당시 나에게 가서 삼십 대의 내가 감사해한다는 사실을 알려주고 싶다.

# 4부

# "하고 싶은 것만 했던

# 나의 이야기"

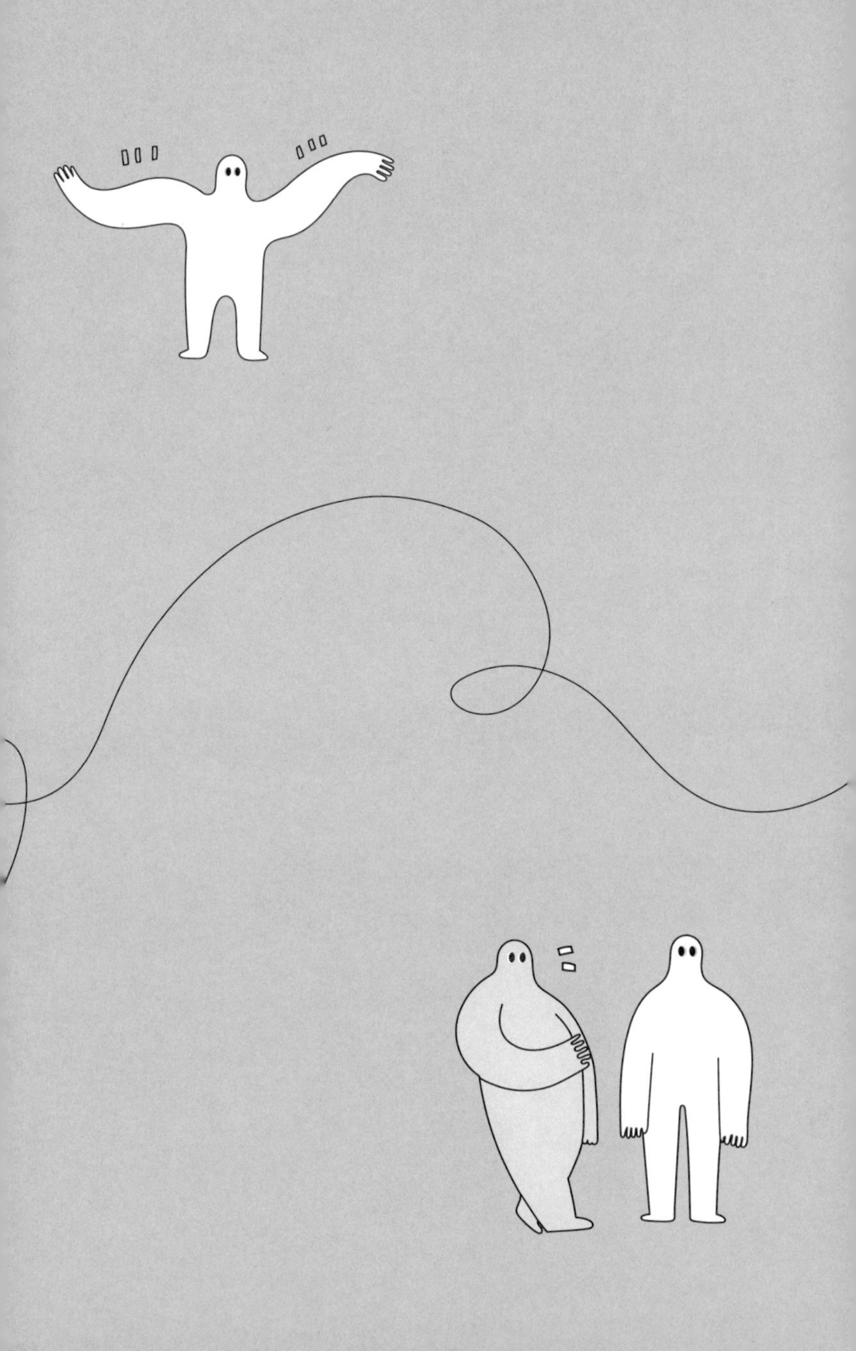

# 엄마, 나 ○○ 갈래:
## 서울대 편

나는 갑작스러운 아들이었다. 의도치 않게 태어난 2세란 뜻은 아니다. 매사 조심스러운 엄마가 그런 실수를 했을 리가. 신이 실수로 엄마의 성격과 정반대인 아들을 주셨을 뿐이다. 나는 일단 끌리는 게 있으면 지르고 보았다. 엄마는 그런 나를 감당치 못한 건지, 의도적인 교육법이었는지 방목했다.

덕분에 학창 시절에 축구만 할 수 있었다. 책상은 침대였고 교과서는 가림막이었으며 수업 끝을 알리는 종소리는 축구 시작을 알리는 휘슬 소리였다. 체육 시간이 있는 날이면 전날부터 설레었고, 비가 오는 날이면 우울했다.

공부는 축구에 대한 배신이라 여겼다. 수업 시간에 쉬었고 쉬는 시간에 축구를 했다. 축구부보다 축구를 더 많이 하고 공부는 더 안 하는 축구 미치광이로 살아갔다. 평생 축구만 하면서 살아도 행복할 것 같았다. 그런데 학년이 올라갈수록 운동장에서 친구들이 하나둘 사라졌다. 예비 고 3이라는 핑계를 대는 배신자들이었다. 유일하게 벽만이 나를 배신하지 않았고 그와 공을 주고받았다.

눈 오는 어느 날 복도에서 테니스공으로 축구를 하고 있는데 체육 선생님이 "병선아"라고 불렀다.

"3학년 올라가면 9반으로 들어와라. 대학 보내줄게."

친구들을 빼앗아 간 대학을 이야기하시다니, 선생님이 시켜준 자장면만 없었어도 바로 자리에서 일어났다.

"전 공부 싫어요. 축구가 좋아요."

"체육과 가면 되잖아."

체육은 나에게 놀이인데. 학문을 다루는 대학에서 축구를 한다는 게 상상이 안 갔다. 안경을 쓰고 팔 한쪽에 전공서적을 낀 채 운동장에서 땀을 삐질삐질 흘리며 축구공을 따라가는 모습이라니. 선생님은 더 말도 안 되는 소리를 이어갔다.

"9반을 예체능 반으로 만들 거야. 거기서 병선이가 반장 해."

고등학교 2학년 때 반장 선거에 나가 후보 여덟 명을 제치고 최종 3인까지 간 적이 있었다. 세 명을 두고 재투표하는데 공부 꽤 한다는 애들이 "장난으로 투표하지 마"라고 반 아이들을 선동해서 떨어졌다. 그때 공부 못하는 사람은 반장을 하면 안 된다는 걸 배웠는데 이번에는 투표도 없이 반장이라니.

"네가 이 반에서 성적이 가장 좋아."

그럼 그렇지. 9반은 예체능 반을 빙자한 '꼴통반'이었다. 1반에서 8반까지는 문과, 10반에서 18반까지는 이과, 그리고 그 사이에 성적이 좋지 않은 학생들을 모아 관리하며 3학년 전체 분위기를 망치지 않게 하기 위한 특수 반이었다.

"병선이는 꿈이 뭐야?"

"엄정화 경호원이오."

엄정화를 가까이에서 보는 게 꿈이었다.

"경호원 좋지."

"아니, 경호원보다는 엄정화…."

“하지만 네가 남을 경호하기보다 남이 너를 경호하는 존재가 되어보는 건 어때?”

“!!!”

아, 뇌리에 꽂힌다는 게 이런 거구나. 선생님의 입을 통해 나온 말이 귓속으로 들어와 뇌를 자극했다. 선생님이 말한 존재가 되면 엄정화가 먼저 나를 만나자고 할 거야. 그 말에 자장면이나 얻어먹기 위해 기계적으로 대답하던 태도를 백팔십도 바꾸었다.

“그런 존재가 되려면 어떻게 해야 해요?”

“그런 존재들과 어울려야지!”

“그들이 어디 있는데요?”

“대학, 이왕이면 좋은 대학!”

들어본 대학이라고는 서울대, 연세대, 고려대밖에 없으니 좋다고 소문난 곳을 말했다.

“그럼 서울대 갈래요!”

선생님은 입에 넣은 자장면을 뿜었다.

“너 이번에 모의고사 몇 점 나왔는데?”

“모의고사가 뭔데요?”

성적에도 안 들어가면서 종일 오엠아르 카드에 답을 찍

으며 시험 보는 게 모의고사였다는 걸 그때 알았다. 무식하면 용감하다더니. 따지고 보면 지하에 퍼질러 있는 사람에게 뒷동산이나 백두산이나 올라가기 힘든 건 매한가지이기에 이왕 대학 가는 거 서울대를 가기로 마음먹었다. 그렇게 선생님과 중국집에서의 면담 후 나는 '반장'과 '서울대 준비생'이라는 타이틀을 동시에 얻었다.

"엄마! 나 서울대 갈래."

"뭐 타고? 갔다 언제 오게?"

"아니! 서울대 들어갈 거라고!"

당연하게도 고등학교 3학년 때 지원한 모든 대학에 떨어졌다. 재수라는 것을 했다. 그리고 주변 사람들이 그냥 농담처럼 생각했던 '서울대 학생'이 되었다. 무식해서 용감했지만, 결국 용감해서 무언가가 된 것이다.

# 엄마, 나 ㅇㅇ 갈래:
## 페루 편

군대 갈 나이쯤 되면 통일이 될 줄 알았다. 그러나 여전히 평양냉면은 을지로에서 먹어야 했고 나를 기다리는 건 피엑스의 둥지냉면이었다. 어쩔 수 없이 가야 하는 거라면 재미있게 가고 싶었다.

그 당시 나에게 힘든 경험이 곧 재미였다. 막일 알바, 서울에서 부산까지 자전거 완주, 일본어도 못하면서 일본 사람에게 말 걸기, 하루 종일 똥 참기를 한 것도 그래서였다. 군대는 나에게 2년짜리 고난 패키지 상품이었다. 군대 옵션들을 나열해 어디가 더 힘들까 따져보았다.

해병대: 육체적 고통.

카투사: 다른 문화권에서 온 군인과의 의사소통 문제.

ROTC: 병사를 통솔하는 것에서 오는 정신적 스트레스.

이미 체육을 전공하며 육체적 고통은 충분히 받고 있음. 해병대 탈락. 이미 한국인과도 의사소통 문제를 겪고 있음. 카투사 탈락. 이미 고등학교 때 반장을 해봤지만 통솔은 개뿔. 1년 내내 "차렷! 경례!"만 함. ROTC 합격.

한 번도 제대로 해보지 못한 리더 역할이 제일 힘들 것 같아 장교가 되기로 했다. 다행히 우리 학교에서는 마음만 먹으면 ROTC에 들어갈 수 있었다. 지원자가 없었기 때문이다. 학군단 선배들도 지원 기간에 강의실에 들어와 장학금 혜택을 홍보하며 유혹하기도 하고 술을 사주며 강제로 끌고 가기도 했다. 물론 지적능력 평가, 인적성 검사, 체력 검정, 면접을 통과해야 했지만 모두 형식적인 절차일 뿐이었다. 그 과정에서 떨어진 사례는 거의 없었다. 그래도 혹시 모를 경우를 대비해 최선을 다했고 실기 시험에서 1등급까지 받으며 당당히 ROTC에 떨어졌다.

충격적인 결과를 들었을 때, 면접 당시 "전쟁이 필요하다고 생각하는가?"라는 질문에 "아니요. 솔직히 군대도 필요 없다고 생각해요"라고 말한 내가 미웠다. 어떻게 지원 미달인 시험에서 자격 미달을 받을 수 있지?

다시 지원하려면 학교를 1년 더 다녀야 했다. 안 그래도 재수를 해서 남들보다 뒤처진 느낌인데 또 지체할 수는 없었다. '그 선배'가 나타나지 않았다면 나는 대학 졸업 후 학사 장교를 했을 것이다.

긴 머리에 까무잡잡한 피부를 가진 선배는 여느 복학생처럼 혼자였다. 항상 학교에는 있는데 희한하게 강의실에서는 한 번도 본 적이 없었다. 종종 풀밭 어귀에 널브러져 있는 선배의 모습을 진단하자면 정신 나간 사람과 비범한 사람 그 사이였다. 평소 말을 섞을 일이 없는 선배를 우연히 술자리에서 마주쳤다.

"마시고 싶으면 마시고, 마시기 싫음 마시지 마아. 집에 가고 싶으면 가아아."

2년 동안 술자리에 끌려다니며 선배라는 작자들에게 단 한 번도 들어보지 못한 멘트였다. 술을 싫어하는 나에게는 선배 옆자리가 최고의 방어 기지였다. 복학생과 독대하고 있는 후배에게 술을 강요하는 선배는 없었다.

"선배님은 뭔가 달라요."

"무엇이 다른가아. 다 똑같다아아."

말끝을 길게 늘어뜨리는 게 인생을 통달한 콘셉트를 잡으려는 것 같았다.

"휴학은 왜 하셨어요?"

"탄자니아 살다 왔다아."

"거길 왜 갔어요?"

"궁금한가? 그럼 뿜빠이다."

역시 다르다. 더치페이 또한 손윗사람과 단 한 번도 해보지 못한 일이었다.

선배를 그렇게 만든 곳은 코이카였다. 군 복무를 하는 대신 해외로 파견을 가는 것인데 그게 얼마나 힘들면 사람이 이렇게 될까? 의사소통 문제, 인종차별, 불안한 치안 등 이야기를 듣고 있자니 왜 그 지경이 되었는지 이해할 수 있었다. 특히 선배가 느낀 타지에서의 외로움은 23년 차 모태 솔로인 나의 외로움보다 힘들게 느껴졌다.

그 힘듦을 경험하고자 코이카에서 군 복무를 하기로 마음먹었다. 홈페이지에 들어가 보니 페루에서 체육 교육 단원을 뽑고 있었다.

"엄마, 나 페루에 2년만 다녀올게."

"군대는 어떻게 하고?"

"이게 군대야."

"뭐?"

그렇게 2년 반 동안 휴학을 하고 페루에서 군 복무를 했다. 그때 면접에서 군대는 필요 없다는 말만 내뱉지 않았다면 복학생 선배를 만나고 페루에 갈 수 있었을까? 내가 원했던 ROTC에 들어가고 임용을 봐서 체육 선생님을 하고 있겠지만 아마 지금보다는 좀 심심한 인생이었을 것이다.

# 엄마, 나 ○○ 할래:
## 개그맨 편

페루에서 한국으로 돌아온 바로 다음 날에 복학을 했다. 진로 고민에 시차 적응 따윈 사치였다. 재수에 군 복무까지 길었으니 이미 남들보다 2년이 뒤처져 있었다. 졸업 후 무엇으로 먹고살아야 하느냐는 고민으로 교수님을 찾아가니 직접 물어보라며 졸업자 명단을 던져주었다. 대부분의 직업란을 채우고 있는 '선생님' 사이에 청와대 경호원이 눈에 띄었다. 과거의 꿈을 만나니 반가웠다.

"선배님, 안녕하십니까? 공칠 학번 김병선입니다. 뭐 좀 여쭤봐도 됩니까?"

"경호원의 원칙이 뭔지 아니? 기밀 누설 금지. 끊어."

대기업에 다니는 선배에게도 전화를 걸어봤는데 돈 많은 노예와 대화하는 기분이었다. 미련 없이 진로 목록에서 취업을 지워버렸다. 그러자 고등학교 때와 똑같은 상황이 벌어졌다. 친구들은 다들 비슷한 미래를 준비하는데 혼자 방황하는 상태. 달라진 점이 있다면 이끌어주던 담임 선생님의 자리를 이슬에 취한 선배들이 대신하고 있다는 것이었다. 진로 상담을 받아도 다 똑같은 말뿐이었다.

"하고 싶은 대로 하세요."

"뭐든 할 수 있어요."

"지금 당장 하세요."

이런 소리들은 취업보다는 미팅에서 그 가치를 발휘했다. 첫 만남이라 어색한 분위기에서 서로 눈치를 보며 어떻게 주문해야 하나 쭈뼛쭈뼛할 때, 그윽하게 여성의 미간을 쳐다보며 느끼한 목소리로 '그대'만 첨가하면 되었다.

"그대, 하고 싶은 대로 하세요."

"그대, 뭐든 할 수 있어요."

"그대, 지금 당장 하세요."

초장에 여자들은 자지러지게 웃었고 종국에는 다른 이들과 자기가 되었다. 분명 웃긴 건 난데 최후에 웃는 건 잘

생긴 남자애였다. 의도치 않게 오작교가 되었고 나를 찾는 사람들로 토요일 시간표는 '인간관계와 미팅'으로 채워졌다. 주변에 커플이 늘어날수록 말발만 늘어났다.

술도 못하면서 술자리에서 입을 터는 나를 본 조교 형은 학교 행사를 맡겼다. 그때 처음으로 대중 앞에서 진행이라는 것을 해보았다. 의도한 말에서 대중이 웃을 때마다 골을 넣을 때나 느낄 희열이 왔다. 그 후 마이크를 들고 떠들 수 있는 무대면 어디든 갔다. 돌잔치와 결혼식 사회자, 운동회 진행자 등. 그러다 KBS 신인 개그맨을 뽑는다는 광고를 보고 '시험장도 무대지'라는 생각에 지원했다.

"엄마 나 휴학하려고."

"이제 한 학기 남았는데 왜 갑자기?"

"나 개그맨 됐어."

"어?"

이리 봐도 저리 봐도 나는 개그맨이 될 재목이었을까. KBS 최초로 서울대 출신 개그맨이 되었다. 가끔 준비된 상황이 아니라 닥쳐야 알 수 있는 것들이 있는데(다음에 나오겠지만 나의 좌우명이 "1단, 2왕"이다), 이 순간에 바로 내가 개그맨을 할 수 있는 사람이라는 것을 알았다.

# 서울대 나와서 왜 개그맨 해요?

의사에게 "서울대 나와서 왜 의사 하세요?"라고 질문하는 사람은 본 적이 없다. 그런데 많은 사람이 나에게 묻는다.

"서울대 나와서 왜 굳이 개그맨 하세요?"

그럼 답한다.

"개그맨 할 건데 굳이 서울대 간 건데요?"

답변이라기보다는 비아냥이다. 편견 섞인 질문에 솔직히 대답하기 싫어 가공해 낸 대본. 그렇다고 편견을 빼고 개그맨을 하게 된 이유를 물어도 또렷한 대답은 없다. 그저 경험 삼아 본 시험에 대뜸 붙었고 주변에서 개그맨이라 부르기 시작해서 그렇게 된 거니까. 나도 심사 위원들에게 찾아가 물어보고 싶다. 혹시 서울대 나와서 개그맨으로 붙여준 건가요?

개그맨이 되고 싶다는 꿈은 애초에 없었다. 그저 끌리는 게 있으면 주저 없이 하는 성격 탓에 그렇게 되었다. 중학생 시절 친구와 스키장을 가기로 한 적이 있다. 당시에는 인터넷도 발달하지 않았고 한 번도 스키장에 가본 적이 없어 계획을 짜는 게 어려웠다. 무엇보다 친구는 꼭 돈이 얼마나 드는지 알아야 한다며 차일피일 출발일을 늦췄다. 나는 그게 답답해 일단 각자 주머니에 2만 원씩 넣고 스키장에 가보자고 했다. 그 돈은 정확히 스키 플레이트 한 짝만 대여할 수 있는 금액이었다.

좋게 말하면 실천력이 있는 거고 나쁘게 말하면 성격이 급한 거지만 고민만 하다 봄이 왔다면 친구와 함께 탄 썰매의 재미도 느끼지 못했을 것이다. 2만 원으로 부족하다는 걸 알았으니 다음부터는 10만 원을 들고 가면 되는 거였다.

내가 좋아하는 단어 중에 하나가 '일단'이다. 거기에 '이왕'을 더해 한때 좌우명이 "1단, 2왕"이었다. "일단 하고 이왕이면 최선을"이라는 의미였다. 대학 졸업하고 뭐 할까 고민할 때 일단 개그맨 시험을 봤고 이왕 하는 거 최선을 다하다 보니 개그맨이 되었다.

다른 좌우명으로는 “남과 같은 생각 다른 행동, 같은 행동 다른 생각”이 있었다. 예를 들면, 남들이 물 절약을 생각하며 물을 받아 목욕할 때 나는 씻지 않는다. 남들은 살을 빼려고 운동할 때 나는 이별로 식음을 전폐한다. 남들처럼 하나의 좌우명을 오래 사용하는 것도 싫어 이 좌우명조차도 1년 쓰다가 바꿔 좌우명이 여러 개이다.

병적으로 남들과 다르고 싶었다. 대기업에 취업하고 대학원에 들어가는 서울대생들을 보며 뭔가 다른 일을 하고 싶다는 생각에 개그맨이 되었는지도 모른다.

그래서 서울대 나와 왜 개그맨 한 거냐고? 그냥.

# 개그맨인데
## 개그 못 하는 아이러니

개그맨이 되던 날 천국과 지옥을 동시에 경험했다. 합격자 발표가 있기로 한 날 헬스장에서 운동을 하고 있었다. 러닝 머신을 뛰는데 스크린에 〈개콘〉이 나왔다. 합격하면 내가 티브이에 출연한다고? 말도 안 돼. 개그맨이 웃길 때마다 웃는 관객을 비추는데, 잇몸을 보이는 사람들이 백 명은 가뿐히 넘었다. 내가 저 큰 무대에 선다고? 2차 통과는 운이었고 최종 합격은 무리인 걸 알고 있었다. 그래도 혹시라는 생각에 핸드폰에서 눈을 떼지 못했다. 근육을 이완하면 '떨어져서 연락 안 오나'라는 생각이 났고, 수축하면 '아직 발표 전이겠지'라는 희망이 뿜어져 나왔다.

답답한 마음에 덤벨을 놓고 핸드폰을 집어 KBS 홈페이지에 들어갔다. 이미 한 시간 전에 합격자 명단이 게시되어 있었다. 체념한 채 게시물을 클릭했다.

"축하합니다. 2천여 명의 경쟁자를 제치고 합격한 12명의 신인 개그맨…. 김병선?"

합격자 명단 제일 밑에 위치한 게 나의 이름이 맞나 싶어 수험번호를 살펴보니 분명 나였다.

"하하하하하하하! 와!"

화면 속 〈개콘〉에서 관객이 환호했다.

'저 환호를 내가 받게 된다고? 진짜? 으아압!'

함성이 터질 것 같은 입을 틀어막고 헬스장 밖으로 뛰쳐나갔다.

"됐다! ㅎㅎㅎㅎㅎㅎㅎㅎ."

반바지에 민소매 티만 입은 성인 남자가 소리를 지르니 지나가는 사람들이 미친놈처럼 쳐다봤다. 맞다. 그 순간 나는 미쳐 있었다. 대한민국 최고의 프로그램의 일원이 되었는데 미치지 않을 수 있는 사람이 있을까. 바로 엄마에게 전화를 걸었다.

"그래. 축하한다."

소식을 전해 들은 엄마는 덤덤했다. 나중에 물어보니 대학 개그 동아리에 가입한 줄 알았지, KBS 공채 개그맨인 줄은 몰랐다는 거다. 이 기쁨을 아빠에게도 전하려는 순간 모르는 번호로 전화가 왔다.

"김병선 씨죠? 이번에 같이 붙은 사람입니다. 오늘 밤 11시까지 튀지 않는 옷 입고 여의도로 오세요."

신입 환영회다! 유명한 선배들이 오니까 튀지 않게 입으라는 거구나! 김준현 선배님이 "고뤠?" 하면서 술 마시라고 하면 어떡해? 나 술 못 마시는… 뭘 어째, 죽을 때까지 마셔야지!

기분 좋은 걱정을 하며 여의도로 향하는 중 다른 걱정이 피어올랐다. '그동안 실수한 거 없겠지? 미팅 나가서 농담한 거로 신고당하고 그러진 않겠지? 초딩 때 이불에 오줌 싼 거 논란되는 거 아냐? 빨가벗고 찍은 돌 사진 유포되는 거 아냐?'

이미 나는 대스타였다. 여의도에 도착하니 헬스장 스크린에서 본 개그맨이 내 앞을 지나갔다.

"오, 안녕하세요! 방금 티브이에서 봤어요. 짱이에요!"

개그맨은 나를 힐끗 쳐다보더니 휙 지나갔다. 역시 스

타는 달라. 저런 사람과 술자리라니. 어떻게 저들에게 나를 각인시킬까 고민하며 그를 따라 모임 장소로 갔다. 15분 빨리 왔는데도 사람이 많았다. 두 그룹으로 나눠져 있었는데 익숙한 얼굴로 소파에 앉아 있는 그룹과, 고개를 숙이고 있어 얼굴을 확인할 수 없이 서 있는 그룹이었다.

"짱이다? 아까 신났더라. 소풍 왔니? 너도 저리 가서 고개 숙여."

영화에서나 볼 법한 일이 벌어졌다. 개그맨 집단은 군기가 세다고 들은 적이 있다. 전국에서 날고 기는 또라이가 모이는 집단이니 강한 규율이 존재한다는 소문. 그게 진실이었을 줄이야. 선배는 군필자에 체육과인 나를 더 각별히 대해주었다. 이럴 줄 알았으면 아까 헬스장에서 가슴 운동하지 말걸.

군기를 생전 경험해 본 적이 없었다. 군 복무 대체로 페루에 갔지만 혼자 살았다. 눈치를 봐야 할 존재는 주인집 아줌마뿐이었다. 체육과에서도 군기는 없었다. 일례로 한 선배가 아침에 집합을 시킨 뒤 혼낼 것처럼 하더니 식당으로 데려가 밥을 사준 이벤트를 해준 적이 있었다. 그런데 우연히 그걸 본 교수가 왜 강제로 모이게 하느냐며 선배에게 학사 경고를 주었다. 군대와 학교에서도 경험하지 못한 군기를 사회에서 경험할 줄이야. 지망생 생활을 거친 동기들은 이미 알고 있었다는 듯 덤덤하게 받아들이는 모습도 충격으로 다가왔다.

개그맨은 앞에서 웃기기 위해 뒤에서 운다는 소리를 들었다. 그 울음이 아이디어를 짜기 위한 창작의 고통에서 나오는 건 줄 알았는데 집합의 고통 때문인지는 몰랐다. 운동을 다니지 않아도 살이 빠지는 기적을 경험하며 막내 생활 1년을 버텼다. 이제 개그에만 집중할 수 있겠구나. 개그맨이 되었지만 '일반인' 시절보다 더 얌전하게 굴어야 했던 아이러니에서 벗어날 수 있겠구나. 그러나 그건 착각이었다.

2년 차는 1년 차에게 똑같은 짓거리를 해야 했다. 당하는 건 견딜 수 있었지만 행하는 건 도저히 할 수 없었다. 인간이기를 포기하는 그 짓에 참여하지 않으니 선배에게 혼자 착한 놈이 되려 하느냐며 욕을 먹었다. 그런 나쁜 놈에게 정이 생기지 않았다. 집단의 규율을 따르지 못한 부적응자는 3년 차가 되면서 군기의 굴레에서는 벗어났지만 마음도 집단에서 멀어져 있었다.

아무 생각 없이 선배를 따랐다면 적응하기 쉬웠을 텐데…. 굳이 군기의 존재 이유를 따지지 않았다면 편했을 텐데…. 이겨내고 개그로 성공해 스타가 되었어야 했는데 그러지 못한 내가 약자였다. 나약했던 나를 반성한다. 그런데 그 선배는 반성할까?

# 스펙만 특이한

신인 개그맨에게 첫 대사는 최종 면접과 같다. 이미 공채에 붙었다고 하더라도 그건 어디까지나 시험이고, 실전에서 비로소 진짜 판단할 수 있는 것이다. 처음으로 덜덜이(엑스트라의 속칭)로 출연하게 되었을 때, 단 열 글자를 열 시간 동안 달달 외웠다.

병선 어디? 기다려봐. 좀 적을게. (하며 노트를 꺼내다 실수로 지갑을 떨구고 퇴장했다가 다시 등장해 그걸 주우려고 한 곽범과 민망한 상황 연출)

무대 뒤 계단에서 대기하고 있었다. 선배가 무대에서 개그를 하는데 철로 만들어진 계단 손잡이가 덜덜 떨렸다. 그 파동이 천 명의 웃음소리에서 오는 건지 나의 심장에서 비롯된 건지 헷갈렸다. 등장 사인에 맞춰 계단을 타고 무대로 올라가니 객석에 앉은 관객들이 보였다. 분명 웃고 있는데 무서웠다. 입을 떼는 순간 눈알 2천 개가 나를 응시했다.

"어디? 기다려봐. 좀 적을게."

좋아. 60퍼센트 성공했다. 이제 가방에 있는 노트를 꺼내다 지갑을 떨궈야 한다. 그런데 노트에 달린 스프링이 가방에 걸려 빠지질 않았다.

"어라? 뭐지? 잠시만…. 이게 왜 이러지…. 어…, 어, 어?"

주어진 대사는 열 글자인데 이미 그 두 배를 말하고 있었다. 스프링이 길게 늘어지며 노트가 겨우 가방에서 벗어났지만 아직 지갑이 떨어지지 않았다. 몸을 부르르 떨며 일부러 지갑을 떨구다시피 하고 퇴장했다. 관객은 AI로봇이 벌써 연기를 시작했다고 감탄을 하느라 웃지 못했다. 단 1초 만에 선배가 일주일 동안 짠 코너를 망쳤다. 선배가 말했다.

"괜찮아."

차라리 욕을 해주지. 최종 면접 탈락을 통보하면서 괜한 예의를 갖춘 문자 같았다.

첫 대사를 잘 소화한 동기는 점점 존재감을 드러내는데 나는 눈코입을 가린 검은색 쫄쫄이가 되었다. 무명 개그맨 정규 코스의 시작이었다. 무대 아래에서는 커피를 타고 주차하고 소품을 만드는 심부름꾼이 되었고 1년이 흐른 뒤에는 백수가 되었다. 심부름의 대가로 이 코너 저 코너에 들어가며 출연료를 받았는데 이제 대체 인력으로 후배가 들어온 것이다.

막내를 제외한 모든 개그맨은 스스로 코너를 짜야만 방송에 나올 수 있는 프리랜서이다. 프리랜서는 능력 있고 돈 잘 버는 부자 또는 능력 없고 돈 못 버는 백수로 나눠진다는 사실은 누구나 알 것이다.

백수 초창기에는 갑자기 생겨난 자유가 달콤했다. 시간이 남아도니 친구도 자주 만났다. 초면인 사람을 만나면 친구는 꼭 나의 이름보다 직업을 먼저 밝혔다. 그럴 때 예의랍시고 "아! 본 적 있어요. 잘 보고 있습니다"라고 말하는 사람이 있었다. 투시 눈을 가진 것도 아니면서 어찌 쫄쫄이를 뒤집어쓴 나를 볼 수 있었을까. 예의 차릴 거면 끝까지 차리든가. 그런 사람이 꼭 "한번 웃겨보세요"라는 말을 했다. 더 최악인 건 나는 웃길 줄 모른다는 거였다. 거기에 누군가 "○○○은 진짜 웃기던데"라며 후배 이름을 언급하면 배알이 꼴렸다.

'아니, 나보다 늦게 시작했는데 나보다 잘나간다고?'

후배가 광고를 찍고 동료는 신인상을 받았다. 평생 최애 프로그램이던 〈개콘〉이 꼴도 보기 싫어졌다. 나 빼고 다 잘되는 것 같았다. 길가에 있는 의자마저 나보다 잘나 보였다.

'넌 나처럼 괴로운 생각 안 해서 좋겠다. 사람들이 앉을 수 있는 쓸모라도 있어서 좋겠다.'

위로받기 위해 들고 나온 책은 나를 화나게 했다.

'하고 싶은 거 하라고? 많이 경험하라고? 그렇게 했다고! 긍정적으로 살았고, 자신감 넘쳤고, 항상 웃었다고… 그런데 지금 이 모양 이 꼴이잖아. 작가들 다 틀렸어.'

내가 틀린 걸 수도 있었다. 남들 눈에 특별해 보이니 하고 싶은 걸 하고 있다고 착각했는지도 모르니까. 따지고 보면 서울대에 입학하고, 페루를 가고, 〈개콘〉에 들어간 시기에는 그것밖에 할 수 있는 게 없었다. 고등학교 3학년이니까 대학에 간 거고, 대한민국 남자이니까 군대에 간 거고, 대학 졸업생이니까 먹고살 궁리를 한 거다. 그때그때 나타나는 관문을 넘을 줄만 알았지, 통과하면 어떻게 해야 할지 몰랐다. 결국 그렇게 살다 경험은 많지만 전문성은 없는, 질투는 많지만 자신은 없는 서른이 되어버렸다.

# 대학교로 도망간 서른

사범대 졸업생 중 임용고시를 보험처럼 생각하는 사람들이 있다. 이것저것 시도하다 망하면 임용 보자 마인드. 그러다 임용을 마주하면 이것 역시 보험이 아니라 모험이라는 걸 깨닫는다.

한 번에 합격 보물을 찾으면 다행이지만 실패하면 '임용 정글'에 표류한 채 늙어간다. 학부생 시절, 대학원 형들이 어려워해서 교수님인 줄 알았던 사람이 임용 준비생이라 놀란 적이 있다. 이제 그 놀라움을 내가 줘볼까 했다.

3년 동안 보물찾기를 하고 있는 동기 형에게 연락했다. 그 와중에 현직에 있는 선생은 배알이 꼴려 연락하지 않고

(이때는 배알이 많이 꼴렸다) 임용 준비생에 나이가 많으면 쏴야 한다는 우리나라 특유의 벌칙을 받는 한편 꼰대 짓은 할 수 없는, 형이면서 동기인 존재를 택했다.

임용 준비 노하우를 듣기 위해 노트를 꺼냈다. 하필 〈개콘〉 첫 무대 때 썼던 스프링 노트였다. 스프링이 쭉 늘어난 노트가 자신을 연기 소품으로 쓴 내가 미워 나를 찌르려는 것 같았다. 나의 인생도 임용고시 대신 개그맨 시험을 본 내가 미울까? 노트도 나도 제 역할로 돌아가야 할 것 같았다. 안 웃긴 개그맨을 하느니 웃긴 선생님을 하자고 다짐했다.

임용고시를 보려면 한국사 자격증 3급을 따야 한단다. 시험장은 영등포에 위치한 초등학교. 수험생도 대부분 초등학생이었다. 어린이들 틈에서 어린이용 책상에 웅크리고 있자니 서러웠다.

'동기들은 교탁에 서는데 난 책상에서 시험이나 보고 앉아 있네.'

초등학생들보다 늦게 풀면 더 서러울 것 같아서 제일 먼저 문제를 풀고 시험장을 탈출했다.

'건방진 초딩들아, 중학교에서 다시 만나자. 그때 넌 학

생이고 난 선생이야!'

곧바로 임용고시 관련 책을 사러 서점에 갔는데, 어머나 세상에! 책 가격이 30만 원이라니. 살 돈은 있었다. 그 달 월세를 못 내서 문제이지. 당장 거금 1천 2백 원을 투자해 전철을 타고 학교로 향했다. 체육과 도서관에는 중고 임용 책이 널려 있었기 때문이다. 어떤 책이 합격의 기운을 갖고 있는지 불합격의 기운을 갖고 있는지는 몰랐지만 공짜였다. 3년 만에 마주하는 '샤' 모양의 학교 정문을 보니 옛 생각이 떠올랐다.

'오랜만이네…. 학교 다닐 때가 좋았…. 맞다! 나 아직 졸업 못 했지?'

나의 갑작스러운 돌발 행동 중 유일하게 엄마가 반대했던 것이 대학교 자퇴였다. 졸업하기 힘든 형편도 아니고 학벌주의에 염증을 느낀 것도 아니었다. 자퇴에 대한 로망이 있었다. 토머스 에디슨, 빌 게이츠, 스티브 잡스 모두 자퇴생. 서울대생보다 서울대 '자퇴생'이 더 멋있게 느껴졌다. 엄마가 "졸업은 해라, 이 썩을 놈아"라고만 안 했어도 그 타이틀을 얻었을 것이다. 마지막 학기를 남겨두고 졸업 사진도 찍고 졸업 여행도 갔다. 정작 졸업은 못 했다. 그놈의 개그맨 시험에 붙어서.

덕분에 백수에서 서울대생으로 신분 세탁을 했다. 입학한 지 10년 만에 복학을 했다. 새내기와 딱 십 학번 차이가 났다. 그 무섭던 조교라는 존재조차 후배였다. 심지어 교생을 나갔는데 담당 선생님도 나보다 네 살이나 어렸다. 괜히 미안했다. 교수님은 출석을 부를 때 특징을 잘 살렸는데, “공칠 학번 김병선”이라고 꼭 불렀다.

“헐…. 공칠? 실화냐?”

나도 새내기 대학생 때 그랬다. 아저씨에 가까운 복학생을 보면 얼마나 나태하면 저 나이까지 학교를 다니나 싶었다. 그 오해는 나와 같이 복학한 공칠 학번 동기 세 명이 깨부쉈다. 휴학하고 3년 만에 행정고시 5급에 통과한 합격생, 알바로 시작한 과외가 잘되어 입시 학원을 차린 원장, 그리고 나와 같이 군 복무로 페루에 갔다가 눌러앉은 사업가. 각자의 삶을 살고 있다가 ‘졸업장이나 따야지’라는 마음으로 복학한 것이다. 그래도 나태한 줄 알았던 아저씨 복학생들도 분명 치열하게 살았다.

오빠라 부르기에는 나이가 있고 아저씨라고 하기에는 정이 없으니 아빠 네 명이라는 뜻으로 후배들은 Father에서 F를 따서 우리를 'F4'라고 불렀다. F4는 늦깎이 대학 생활 추억 만들기에 전념했다. 체육대회도 나가고 엠티도 가고 미팅도 했다. 시종일관 우리만 질문하고 여학생들은 끝까지 말을 놓지 않아 회사 면접 같았지만 계산은 우리가 했으니 그녀들에게도 좋은 추억이었겠지.

코스모스 졸업을 하고 F4는 원래 자리로 돌아갔다. 대학 생활 덕에 잊고 있었던 현실에 대한 불만, 미래에 대한 불안도 나의 마음속으로 돌아왔다. 임용을 본다고 달라질까? 아니, 임용은 붙을 수 있고? 동기들 봐. 선생님 안 해도 잘만 살잖아. 어떻게?

# 먼저 개그맨 하고
# 나중에 지망생 하기

"진짜 올 수 있어?"

페루에서 전화가 왔다. 같이 복학했던 사업가 친구가 후배들의 에너지에 자극을 받더니 졸업하면 행사를 해보고 싶다고 했다. 당시 그저 응원하는 마음으로 말했다.

"무료로 사회 봐줄게!"

자금이 부족하다고 해서 못 할 줄 알았는데 누구는 기타 치며 손가락만 튕기는 동안 친구는 발품을 팔아 후원사를 찾았나 보다.

"이미 한국인 사회자 온다고 홍보했어! 행사는 11월 13일이고 총 다섯 시간. 2천 명 정도 올 거야. 잘 부탁해."

한국에서도 해본 적 없는 규모인데 외국인 앞에서 하라고? 준비할 시간도 한 달밖에 안 주고? 바로 유튜브에 "페루 행사"를 검색했다. 4년 동안 봉인되어 있던 스페인어가 들릴 리 없었다. 간혹 이해한 부분이 나와 반갑다가도 관객이 웃으면 왜 웃는지 알 수 없어 더 답답했다. 그들과 공감할 수 없는데 어떻게 행사를 진행하지? 영상을 보면 볼수록 인터넷에는 답이 없다는 게 나의 답이었다. 답을 찾는다 해도 그런 규모의 무대를 경험해 보지 못한 것도 문제였다. 무대 경험이 많은 선배에게 조언을 구하고자 대학로 갈갈이 홀로 향했다.

"선배님, 안녕하십니까!"

그곳에 있는 개그맨 지망생들은 나를 선배님이라고 불렀다. 일면식도 없으면서 그렇게 부르는 이유는 언젠가 공채 개그맨이 될 경우를 대비한 예행 연습인 것이다. 사실상 선배는 지망생들인데. 대부분이 나보다 오래전부터 개그를 했고 더 웃겼다.

"혹시 행사를 좀 배울 수 있을까요, 선배님?"

"저희한테요, 선배님?"

서로 선배라고 부르는 불편한 상황 속에서 가르침을 준

친구가 있었다. 그는 자기가 하는 것을 보고 그대로 해보라고 주문했다. 무대 뒤 커튼에 구멍을 뚫고 그가 관객을 갖고 노는 뒷모습을 보았다. 다음 타임에 나는 똑같이 따라 했다. 분명 대사는 그대로였다. 그러나 분위기가 달랐다. 그가 할 때는 개그 극장이었던 곳이 내가 하자 인간 극장으로 변해 있었다. 한 개그맨 선배는 자기 코너가 안 터지자 내가 분위기를 망쳐서 그렇다며 쌍욕을 했다. 지망생들은 욕 먹는 나를 보며 웃고 있었다.

다행히 무대에 오르는 횟수가 늘어날수록 웃음소리도 커졌다. 관객이 웃으면 같이 웃었고 안 웃으면 혼자 울었다. 농담을 짜며 혼자 낄낄거리다가 그게 통할까 안 통할까 안절부절못했다. 다른 개그맨은 진작에 했을 지망생 생활을 개그맨이 되어서야 했다. 일련의 과정들 덕에 과거 무대에서 느꼈던 희열을 다시 맛볼 수 있었다. 방송국에서 잃었던 자신감도 조금 되찾았다. 나에게 욕했던 선배도 행사 노하우를 알려주며 꾸준히 욕했다.

“많이 늘었네. 이제 ‘최불암 시리즈’보다는 웃기다.”

여느 욕처럼 한 귀로 흘리려는데, 그 욕이 답일 것 같았다. 페루 사람과 공감대가 없는 건 그들을 잘 모른다는 뜻이다. 바꿔 생각하면 그들도 우리를 모를 것이다. 그럼 한국에서는 진부한 농담이 페루에서는 듣도 보도 못한 신선한 코미디일 수도 있지 않을까. 공감대가 없다면 신선함으로 승부하자. 최불암 시리즈(유머 모음집)를 샀다. 페루 행사가 조금씩 기대되었다.

내가 행동이 앞서는 사람인 건 알고 있었다. 하고 싶은 게 있으면 당장 해야 했고, 늦은 시간이라 못 하면 잠도 잘 오지 않았다. 그런데 몸을 움직여야 내가 힘이 나는 사람이라는 건 이번에 알았다. 기분이 울적하면 책을 보고 일기를 썼었는데 어느 순간부터 책을 읽어도 부정적으로 받아들이고 볼펜을 잡아도 자책하는 글만 써서 더 우울했다. 대신 자전거를 타거나 축구를 하면 기운이 생겼다.

욕도 먹고 웃음도 받은 대학로 무대 역시 나에게 활력을 주는 아등바등이었다.

# 지구 반대편에서 얻은 근거 있는 자신감

다섯 시간의 진행을 위해 칠백스무 시간을 준비하고 스물네 시간을 비행했다. 페루 특유의 축축한 공기와 퀴퀴한 매연 냄새가 4년 전의 추억을 떠오르게 했지만 향수를 즐길 틈이 없었다. 여독을 풀기 위해 맛집에 가도 손에는 수저 대신 대본을 들고 있었다. 출국 하루 전까지 작성한 A4 용지 스무 장짜리, 스페인어와 한글이 섞여 있는 대본. 맛있는 세비체를 앞에 두고 보고만 있으니 친구가 말했다.

"왜 안 먹어?"

"이게 페루 사람한테 먹힐까?"

"이거 페루 전통 음식이야."

"아니, 내 대본 말이야."

"불안해? 걱정 마. 그럴 줄 알고, 파트너 구해놨어. 여기로 올 거야. 걔한테 물어봐."

머리를 싸매고 끙끙거리던 수수께끼가 약간의 힌트로 풀려버린 것처럼 허무했다. 그제야 세비체가 목구멍으로 넘어갔다.

얼마 후, 우리의 구세주가 나타났다. 그런데 좀 이상했다. 대본이 괜찮으냐고 물어보니 자기는 괜찮은 사람이란다. 이해할 수 없는 게 있느냐 물으니 자기는 이해심이 깊단다. 진행은 관객과의 소통인데 대화조차 진행할 수 없는 친구라니. 물어보지도 않았는데 "저 경험 많아요"라고 말하는 것부터 경험 없는 게 티가 났다. 나중에 알았지만 그녀가 말한 경험은 '발표' 경험이었다. 사람들 앞에서 말하는 건 똑같지만 진행과 발표는 바둑과 알까기만큼 다른 장르라는 걸. 위까지 들어간 세비체가 역류하는 기분이 들었다. 행사 당일까지 손에서 대본이 없는 경우는 목욕할 때뿐이었다.

"병선아, 이제 시작해."

대기실에 앉아 있는데 무전이 왔다. 고개를 빼꼼 내밀

어 행사장을 보니 풍경이 이랬다. 우리가 올라갈 메인 스테이지 앞에 스탠딩 관객석이 있고 그 뒤로 음식점, 기념품점, 이벤트 존 등이 둘러싼 형태. 아침부터 행사장을 찾은 사람들은 분주하게 돌아다니고 있었고, 한 부스에서는 노래방 기계가 설치되어 벌써 자기들만의 행사를 진행하고 있었다. 메인 무대에 올라가는 게 괜히 달아오른 전체 행사장 분위기를 깨는 판국 같았다.

'누가 정열의 대륙 남미 아니랄까 봐, 왜 이렇게 잘 노는 거야.'

정열적인 그들도 오후 2시의 강렬한 태양은 뜨거웠는지, 대부분 그늘막을 설치한 식당이나 대형 선풍기가 있는 노래방 근처에 있었다.

"야! 빨리 올라가!"

친구는 다급했다. 왜 그런지 모르겠지만 어느 행사나 그렇듯 시간이 지체되어 있었기 때문이다.

'그래! 한 달을 준비했잖아. 병선아, 할 수 있어! 대본대로만 하자!'

당시 대본에는 이렇게 쓰여 있었다.

**병선** (무대 뒤에서 목소리로만) 올라!

관객 (예상 반응) 올라~.

**병선** 아무것도 안 먹었어요? 더 큰 소리로! 올라!

관객 (예상 반응) 올라!

무대에서 병선 등장.

관객 (예상 반응 1) 와!!!

(예상 반응 2) ….

관객들 호응이 좋을 경우 그대로 행사 진행하지만 별로 일 경우.

**병선** (아무 말도 하지 않고 3초 있다가 다시 무대 뒤로) 아디오스~.

관객 하하하하하하.

적은 대사량으로 웃음과 집중을 동시에 끌어낼 수 있는 시작이었다. 반응이 좋을 경우와 좋지 않을 경우까지 대비했다. 오프닝이 안 먹히면 전체가 망한다는 마음으로 공을 들여 준비했다. 그러나 이 완벽한 줄 알았던 오프닝의 허점을 행사 시작하기 10초 전에 깨달았다. 관객석에 관객이 없으면 사용 불가. 관객이 이미 앉아 있는 소극장에서 연습하고 대본을 쓴 게 패착이었다. 또 무전이 울렸다.

"병선아, 뭐 해? 빨리 올라가!"

일단 대본대로 해보자.

"올라."

"…."

"아무것도 안 먹었어요? 더 큰 소리로! 올라!"

"……."

관객이 없는데 대답이 있을 리가. 저 멀리 노래방 부스에서 빅뱅의 〈거짓말〉만 들릴 뿐이었다. 무대 위로 올라갔다. 관객석은 텅 비어 있었다. 저기는 춤판까지 벌어졌다.

'노래 부를 거면 노래방을 가지 왜… 어?!'

그 자리에서 십팔번인 〈어쩌다 마주친 그대〉를 무반주로 불렀다. 모두 케이팝 팬들뿐이었지만 상관없었다. 한국어면 똑같이 들릴 테니까. 익숙하지 않은 외모로 익숙하지 않은 소리를 내고 있는 곳으로 사람이 모이기 시작했다. 어느 정도 관객이 모였다고 생각될 때 한국어로 인사를 했다.

"안녕하세요. 저는 오늘 이 행사를 위해 지구 반대편에 있는 한국에서 온 김병선이라고 합니다. 만나서 반가워요."

"…."

침묵. 몇몇은 민망한 듯 "안녕하세요"라고 받아줬지만 대부분 줄줄이 새어 나오는 외계어에 당혹감을 표하고 있었다. 그 틈을 노려 말했다.

"스페인어 할 줄 알지롱!"

사람들이 놀라며 웃음을 터트렸다. 스페인어로 준비한 멘트를 이어갔다.

"제 이름은 김병선이에요. 내 이름 뭐라고요?"

"킴븅순!"

"와! 여기 한국인가? 한국어를 왜 이리 잘해요?"

"하하하."

그때 관객 중 한 명이 외쳤다.

"너도 스페인어 잘해!"

그대로 나도 되받아쳤다.

"너도 스페인어 잘하네."

"하하하하하."

한번 애드리브가 먹히니 그다음부터 저절로 나왔다. 저 멀리 노래방에서 싸이 노래가 울려 퍼지기에 그것도 놓치지 않았다.

"여러분 싸이 알죠? 제 친구거든요. 지금 전화해 볼게요. (전화하는 척) 아! 안 받는다. 자나 보네요."

맨 앞줄에 있던 관객이 "한국은 지금 낮인데"라고 중얼거리는 소리가 들렸다.

"지금 한국은 낮인데, 싸이가 어제 클럽 간다 했거든요. 밤새 놀고 지금 자나 보네."

준비한 농담은 아직 하나도 하지 않았는데 그들은 웃고 있었다. 이런 분위기에서 대본대로 하는 게 오히려 흐름을 끊을 것 같았다. 물이 무서워 준비했던 구명조끼가 막상 물에 들어와 보니 거추장스럽게 느껴지는 기분이랄까. 어쩌면 한 달 동안 대학로에서 뒹굴면서 얻은 것은 스무 장짜리 대본이 아니라 실력이었는지도 모른다.

행사가 끝나고 빠져나오는 데만 한 시간이 걸렸다. 태어나서 처음으로 사인과 사진을 요청받았다. 자기들끼리 줄을 서더니 자신의 얼굴을 내 옆에 들이밀고 셀카를 찍어 갔다. 페이스북도 천 명이 넘는 팔로워가 생겨 있었다. 3

년 동안 〈개콘〉에 있으면서 받아보지 못한 관심을 단 다섯 시간 만에 얻었다.

중남미에 가서 개그를 해야겠다. 3년 동안 한국에서 고생한 보답을 그곳에 가서 다 받아야겠다. 처음으로 무대에서 받아낸 웃음 안에서 용기인지 오기인지 모를 그런 감정이 자라났다.

# 타라와의
# 버스 이별

페루에서 외로움을 달랠 겸 기타를 샀다. 인생 첫 기타에 스페인 단어에서 딴 '타라'라는 애칭도 붙였다. 손가락의 굳은살이 두꺼워질수록 그녀와 나의 사랑도 두터워졌다.

타라와의 추억 하나. 마트에서 친구가 장을 보는 동안 나는 푸드 코트에 앉아 그녀를 만지작거렸다. 공공장소이니 소리 나게 치지는 않고 평소 잘 잡히지 않던 F 코드를 연습했다. 검지를 일자로 만들면 중지에 힘이 풀렸고, 중지에 힘을 주면 검지가 말려들었다. 두 손가락에 힘을 동시에 줄라치면 몸이 불에 구워지는 오징어처럼 꿈틀거리며 배배 꼬였다. 내 손가락을 마음대로 조종하지 못하는 신비를 경험하고 있는데 갑자기 탁 소리가 들렸다. 고개를 드니 테이블 위에 10센티모가 빙글거리고 있었다. 그 동전의 출처는 나를 측은하게 쳐다보고 있는 할머니였다. 잘하지도 못하는 스페인어를 어버버하며 돈을 돌려주려는데 할머니는 고개를 저으며 10센티모를 더 얹어주었다. 그 고갯짓은 '괜찮으니까 거절하지 마라'는 절레절레가 아닌 '줬는데 어떻게 또 달라고 하지, 쯧쯧'의 절레절레였다. 친구는 처음부터 그 모습을 지켜보고 있었고, 그 후 내가 기타를 칠 때마다 동전을 던졌다.

추억 둘. 타라와 의료봉사를 하러 아마존에 갔다. 당시 내 역할은 부모를 따라 임시 병원에 온 아이들이 지루하지 않도록 놀아주는 것이었다. 딩가딩가 소리는 국적, 나이, 성별까지 초월해 아이부터 진료가 끝난 의사까지 춤추게 만들었다. 기타 하나가 전기도 안 들어오는 정글을 클럽으로 변신시켰다. 주민 한 명이 선물로 가져온 살아 있는 뱀만 놓치지 않았어도 밤새 놀았을 건데.

추억 마지막. 그녀와 사막에서 누드 사진도 찍고 마추픽추에 올라가 뮤직비디오도 찍었다. 평생 함께 이곳저곳을 누빌 줄 알았던 그녀와는 버스에서 생이별을 했다. 내가 조는 틈을 타 선반에 올려놓은 그녀를 누군가 납치해 간 것이다. 큰 태극기가 박혀 있어 분명 주인이 나라는 것을 버스 안에 있는 모든 사람이 아는데도 납치범은 유유히 그녀를 데려갔다. 이제 페루에서의 외로움에 완전히 적응했다 싶을 때였는데도 타격이 적잖이 컸다. 허전함을 메꾸고자 친구들과 더 자주 만났다. 삼 일 뒤, 썸녀가 생겼다. 어쩌면 내가 너무 기타만 쳐서 혼자였던 걸지도 모른다.

두 번째 기타는 〈개콘〉에서 개그맨 하던 시절에 만났다. 머리로 고민만 하고 몸뚱이를 움직이지 않으니 손가락이라도 꼼지락거리자는 마음으로 기타를 쳤다. 생각이 아무리 복잡해도 Bsus4 코드 잡는 것보다는 단순했다. 마음이 아무리 아파도 여섯 시간 동안 기타를 치면 손가락이 더 아팠다. 통증으로 우울증을 예방하는 건 남는 장사였다. 다른 이들이 담배와 술로 폐와 간을 썩히는 것에 비하면.

기타를 친다고 해서 막 기쁜 건 아닌데 안 할 때보다는 나은 거, 그냥 힘들 때 곁에 있어주는 거, 그게 기타인 거 같다. 그래서 내 기타 실력은 힘들었던 시기와 비례한다. 내가 기타를 가장 잘 쳤던 시기는 〈개콘〉에 있을 때와 스페인에 있을 때였다.

# 조회수에 미친 놈

"아이디어가 좋으면 인지도가 생기고, 캐릭터가 좋으면 인기가 생긴다."

한 선배가 했던 말이다. 처음에는 인지도와 인기의 차이를 몰라 무슨 소리인가 싶었다. 언젠가 인지도나 인기가 생기면 알게 되겠지 싶었는데 데뷔 4년이 흘러도 이해할 수 없었다. 어림짐작으로 인지도는 '어?'고 인기는 '와!'일 거라 추측만 해볼 뿐이었다. 인기가 생기기에는 너무나 평범한 서른 살 먹은 한국 남자 캐릭터. 중남미행을 결심한 이유가 바로 여기에 있었다. 그곳에서는 내 존재 자체가 캐릭터이니까. 페루에서 헛바람이 든 걸 수도 있지만 한국에서는 산들바람조차 경험해 본 적이 없었다.

페루 행사 덕에 무대와는 다시 친해졌지만 스페인어와는 여전히 소원했기에 교재를 펼쳐 책상에 앉았다. 그리고 정신을 차려보니 다음 날이었다. 라면 받침대가 수면제 역할까지 할 줄이야. 다른 방법이 필요했다. 행사에서 생긴 팔로워를 활용해 보기로 했다. 핸드폰으로 페이스북 라이브를 켜자마자 열 명이 들어왔다. 스페인어로 인사를 했다.

"올라! 친구들 난, 김병선이라고 해!"

신나게 떠들다가 접속자 수를 보니 '0'. 채팅창에는 무슨 소리냐며 한국 친구들의 욕지거리가 남겨져 있었다. 천 명의 페루 팔로워는 어디 간 걸까? 내 잘못을 깨닫기까지 꼬박 일주일이 걸렸다. 축구를 사랑하는 나조차도 손흥민 경기가 새벽에 하면 안 봤는데, 스페인어도 제대로 못하는 동양인의 라이브와 단잠을 바꿀 페루 사람은 없었다. 내가 라이브를 켜는 시간은 오후 6시였고 페루는 그때 새벽 4시였다. 그들이 보기 좋은 시간을 찾아 아침 10시에 라이브를 켜보았다.

"Hola." 알파벳 네 글자가 이렇게 반가울 줄이야! 또 열

명이 들어왔다. 30분 동안 말을 하다 더 이상 할 이야기가 없어 옆에 있던 스페인어 동화책을 소리 내어 읽었다. 남이 밥 먹는 것도 구경하는 세상인데 책 읽는 모습이나 보라는 식이었다. 그런데 채팅창이 갑자기 빠른 속도로 올라갔다. 발음이 조금이라도 틀리면 지적질에 심지어 욕까지. 사람은 본능적으로 남 가르치기를 좋아하나 보다. 동화책을 읽은 지 한 달 만에 선생님 2백 명이 생겼다. 접속자가 많아지자 굳이 중남미를 가지 말고 인터넷으로 활동할까 하는 생각이 들었다. 사람만 있으면 어디든 무대이니까.

플랫폼을 옮기면 돈도 벌 수 있을 것 같았다. 세 달 치 월세를 투자해 컴퓨터와 캠을 구입했다. "이제 유튜브에서 켤 거니까 거기로 오세요." 공지를 올리고 유튜브에서 라이브를 켰다. 2백 명이 어디로 증발했는지 단 한 명도 오지 않았다. 다시 페이스북을 켜서 따지듯 물었다.

"유튜브에서 라이브한다고 링크까지 걸었는데 왜 안 들어와요?!"

"그건 유료야."

상상도 못 했다. 페루는 어플마다 데이터 요금제가 존재한다는 사실을. 대부분이 페이스북은 무료인데 유튜브는 유료인 요금제를 쓰고 있었다. 의외의 복병에 하는 수 없이 페이스북 라이브를 지속했지만 본전도 뽑지 못한다는 생각에 예전처럼 즐겁지가 않았다. 그 느낌이 전해졌는지 접속자가 줄어들었다. 사람이 줄어드는 건 또 싫어 자극적인 주제를 찾기 시작했다.

한번은 버스에서 라이브를 하고 있는데 사고가 났다. 갓길에 서 있던 에스유브이 차량이 급후진을 해 버스 전용차선까지 들어와 충돌한 것이다. 서 있던 사람들은 앞으로 고꾸라지고 아이의 울음소리와 빨리 응급차를 부르라는 비명 소리가 들렸다. 모든 상황이 실시간으로 나갔고 채팅창에는 걱정의 말들이 올라왔다. 그 상황에서 떠오른 첫 번째 생각은 '이거 조회수 잘 나오겠는데?'였다.

머리에 문제가 생긴 게 분명했다. 라이브에서 얻은 순간의 관심이 인기인 양 착각해 현실 감각을 잃고 있었다. 아수라장이 된 현장처럼 머릿속이 복잡해졌다. '조회수에 미친 놈이니? 라이브 왜 시작했냐? 중남미 가려는 이유는 뭐였어? 페루에서 가능성을 봐서? 맞아? 그냥 지금 제대로 하는 게 없으니까 도망가려는 거 아니야? 일단 가면 뭐라도 되겠거니. 한국말로도 못 웃겨본 놈이 거기 가면 웃

겨질 것 같아? 솔직히 현실 도피잖아.'

그 당시에는 그랬다. 조회수가 인생의 성공 여부를 결정짓는 것처럼. 인지도나 인기를 원하면서 인간이 덜 된 서른한 살이었다. 이 글을 쓰는 지금도 조회수를 신경 쓰지 않는 건 아니다. 다만 어떤 영상이, 어떤 콘텐츠가 사람들에게 즐거움을 줄 수 있는지가 최대 관심사이다.

# 말 못하던

김병선

학창 시절 매월 4일은 긴장 상태로 수업 시간을 보냈다.

"오늘 4일이니까 어디 보자~ 4번 일어나서 이 부분 읽어봐."

내가 황씨였다면 32번이라 책 읽는 날이 없었을 텐데, 괜히 아빠를 원망하며 책을 읽었다.

"도, 도… 동… 동해말과… 아, 아니… 동해무, 무… 물과…."

시동을 네 번은 걸어야 한 단어를 말할 수 있었고 그마저도 틀려서 다시 앞으로 돌아가기를 반복하다 보면 반 아이들은 비웃기 시작했다. 그러면 선생님은 5번에게 책 읽기를 넘겼다. 소심했던 나에게 그 순간들은 상처였다. 질문이든 발표이든 다수가 있는 공간에서 말하는 것에 두려움을 느꼈다. 친구와 싸움이 벌어져서 옥신각신하다가도 다른 친구들의 이목이 집중되면 주먹이 오고 가기도 전에 왈칵 눈물이 쏟아졌다. 어? 너 울었으니까 진 거야.

소심한 성격에 비해 얼굴은 쓸데없이 너무 대범했다. 길거리에서 대학생 누나들이 설문 조사를 하고 마지막에 나이를 물어 중 3이라고 대답하니 화들짝 놀라며 말했다.

"어머. 이거 성인을 대상으로 하는 설문 조사예요. 죄송해요. 전 서른일곱 살인 줄 알았어요."

사람들은 굳이 필요 없는 디테일한 정보까지 알려주며 상처를 주었다.

버스에 타서 천 원짜리를 냈다. 거스름돈으로 5백 원짜리 동전 1개만 달랑 나왔다. 학생 요금은 3백 원이라고 버스 아저씨에게 말하지 못했다. '저 중학생인데요'라는 한 마디가 모든 승객의 이목을 집중시킬 것만 같았다. 결국 2백 원을 포기했고 그 후부터 동전이 없으면 버스를 타지 않았다.

초등학생부터 중학생 때까지 주변 시선을 지나치게 신

경 쓰는 소심쟁이였다. 고등학교에서 만난 친구들 덕분에 성격의 변화가 생겼다. 우락부락한 친구 하나가 멀뚱히 있던 나를 자기 축구팀에 욱여넣으며 그 팀 친구들과 친해지게 만들었다. 중학교까지만 해도 잘나가는 친구가 말을 걸어주면 하루가 행복하고, 같이 밥 먹던 유일한 친구가 옆 반에 가서 밥을 먹으면 침울했다. 친구가 여러 명 생기니 항상 대화하고 밥 먹을 수 있는 상대가 있었다. 발표할 때 더듬거리는 게 싫어서 말을 아꼈는데 친구들과 대화할 때는 전혀 상관없었다. 오히려 말실수가 웃음으로 연결되는 상황이 많았다. 말하는 즐거움을 맛보기로 경험했다.

재수를 하면서 대학에 들어간 친구들과 잠시 소원해졌다. 나는 학원에 다니지 않고 독서실에서 독학했다. 대학에 간 놈이 싸이월드에 신입생 환영회 사진을 올렸고, 부러워서 소리를 질렀다가 독서실 총무 아저씨에게 혼났다. 소속이 없다는 게 괴로울 수 있다는 것을 처음 느껴보니 도저히 어두컴컴하게 고립된 독서실에서 공부할 수 없었다. 나와 같은 사람들이 있을 도서관으로 향했다.

또래 재수생부터 머리가 희끗희끗한 형님까지 다양한 사람들이 있었는데, 위안이 되었다. 게다가 1층을 가득 메운 책들은 위로와 용기를 주었다. 오히려 재수한 내가 유니크한 것이고 주인공에게 당연히 있어야 하는 시련을 겪는 것이라 생각하게 되었다. 결국 원하는 결과를 거두자 자신감이 하늘을 찔렀다.

자신감을 장착하고 입학한 대학에서는 주변 시선을 즐기는 수준이었다. 말을 버벅거릴 때마다 들리는 비웃음도 '내가 그렇게 웃기나?' 식으로 여겼다. 말싸움을 하다 이목이 집중되면 눈물이 흐르는 건 여전했지만 '이 모습을 본 사람들은 나를 감정이 풍부한 사람으로 여기겠지?'라고 상상하며 싸움을 이어갔다.

자신감은 삭은 얼굴을 무기로 만들어주었다.

"놀라운 사실 세 가지 말씀드릴게요. 하나, 저 스무 살입니다. 둘, 저 서울 사람입니다. 셋, 저 술 한 잔도 못 마십니다."

시골에서 막걸리 마시며 농사지을 것 같은 사십 대 액면가 신입생의 자기소개에 선배들은 어이없어하면서도 웃음을 삼키지 못했다. 단점이라 생각했던 부분들이 웃기는 데는 장점이었다. 여드름에 곱슬머리에 오다리까지 나는 장점투성이였다. 게다가 단점을 장점으로 보게 만

들어준 자신감은 실제로 외모까지 잘생기게 만들어주었다. 친구들은 나를 볼 때마다 말한다.

"진짜 용 됐다. 지금 서른다섯 살인 네 얼굴이 고등학교 때보다 두 살 더 어려 보여."

"오늘의 불행은 내일의 농담거리"

초판 1쇄 발행 2021년 5월 5일
초판 6쇄 발행 2023년 3월 15일

지은이 김병선(코미꼬)
펴낸이 권미경
기획편집 김효단
마케팅 심지훈, 강소연, 김재이
디자인 어나더페이퍼
펴낸곳 ㈜웨일북
출판등록 2015년 10월 12일 제2015-000316호
주소 서울시 마포구 토정로47, 서일빌딩 701호
전화 02-322-7187 팩스 02-337-8187
메일 sea@whalebook.co.kr 인스타그램 instagram.com/whalebooks


ISBN 979-11-90313-88-9 03810

소중한 원고를 보내주세요.
좋은 저자에게서 좋은 책이 나온다는 믿음으로, 항상 진심을 다해 구하겠습니다.